講談社文庫

潜入　味見方同心㈡

陰膳《かげぜん》だらけの宴《うたげ》

風野真知雄

講談社

目次

主な登場人物

月浦《つきうら》魚之《うおの》進《しん》　頼りないが、気の優しい性格。将来が期待されながら何者かに殺された兄・波之進《なみのしん》の跡を継ぎ、味見方同心となる。

お静《しず》　豆問屋の娘。夫・波之進を亡くした後も月浦家に住む。素朴な家庭料理が得意。

月浦壮《そう》右衛《え》門《もん》　波之進と魚之進の父。月浦家は代々、八丁堀の同心を務める。

本田《ほんだ》伝八《でんぱち》　魚之進と同じ八丁堀育ちの養生所詰め同心。学問所や剣術道場にもいっしょに通った親友。二人とも女にもてない。

赤塚専十郎《あかつかせんじゅうろう》　南町奉行所定町回り同心。魚之進の先輩。

市川一角《いちかわいっかく》　南町奉行所定町回り同心。五十過ぎの長老格。

安西《あんざい》佐々《さざ》右衛《え》門《もん》　南町奉行所市中見回り方与力。

筒井《つつい》和泉守《いずみのかみ》　南町奉行。波之進の跡継ぎとして魚之進を味見方に任命。

麻次《あさじ》　四谷辺りが縄張りの岡っ引き。猫好き。

中野《なかの》石翁《せきおう》　大名が挨拶に行くほどの隠の実力者。将軍家斉の信も篤い旗本。

北大路《きたおおじ》魯《ろ》明庵《めいあん》　売り出し中の美味品評家。超辛口だが評価は的確。身分は武士。

潜入　味見方同心㈡　陰膳だらけの宴

第一話　おむすびの天ぷら

一

「大丈夫か、月浦《つきうら》？」

南町奉行の筒井《つつい》和泉守《いずみのかみ》が、魚之進《うおのしん》に訊《き》いた。

「こ、ここはどこでしたか？」

魚之進は両目を真ん中に寄せたまま、震える声で応じた。

「うむ。お城のなかだが、じつはわしもこのあたりのことはよく知らぬ」

筒井は、魚之進の緊張ぶりに苦笑しながら言った。

「わたしはもう、どこがどこやら、なにがなにやらといった体たらくでして」

「そのようだな。ゆっくり息をして、気を落ち着けよ」

「は、はい」

月浦魚之進は、筒井とともに千代田城に来ているのだ。いっしょに働くはずの岡っ引きの麻次《あさじ》は、さすがに今日は来ていない。

本丸に入り、表と呼ばれる一画を抜けて、いまは中奥《なかおく》と呼ばれるところの東側の廊下を歩いている。この先が、女だけの城とされる大奥だが、今日、そこまで入ることになるのか、いまはまだわからない。見てみたい気持ちも一割くらいはあるが、残りの九割はひたすら怖い。

「広いですね」

「それはそうさ」

「だが、広いということは毒も入れにくいかと存じます」

「そういうものか？」

「あれはやはり、こそこそと、すばやくやるものでしょうから」

「なるほどな」

筒井は、ちゃんと頭は働いているではないかというように微笑《ほほえ》んだ。

「ただ、次はお奉行もいっしょには来てもらえませんでしょう。どこへ来たらよいのか不安であります」

「なあに、今日、そこらあたりは教えてもらえるさ」

「そうですか」

歩みが止まった。

「その先が、中奥の台所にございます」

前を歩いていた案内役の中奥番の若い武士が言った。

「ここが……」

台所といっても、巨大な建物である。

調理するより、槍《やり》隊の訓練場にでもしたほうがよさそうである。だが、まぎれもなく台所で、竈《かまど》がずらっと七つ八つ並んでいるのが見えた。

人が忙しく働いているその忙しさときたら、半端ではない。向こうの廊下を若い襷《たすき》がけの武士が、ネズミを追いかける猫のように、ぴゅっと横切った。

お城というのは、皆、こんなに素早く動くものなのかと驚いた。茶坊主まで走っている。亡くなった河内山宗俊《こうちやまそうしゅん》も、お城にいるときは、あんなふうに走ったのだろうか。

「お医者を、お医者を」

と、声を上げている。

「いま参る、いま参る」

そう言いながら、若い武士が魚之進の横をすり抜けて行った。

どうも雰囲気がおかしい。

「急病人でも出ましたかね？」

魚之進が筒井に訊くと、

「そうなのかな？」

筒井は案内役に訊いた。

「いま、確かめて参りますので、ここでお待ちください」

案内役はそう言って、台所に足早に入って行った。

筒井と魚之進は、渡り廊下から台所に入る手前で待つことになった。

案内役はそのあたりの武士や茶坊主に声をかけるが、確かなことはわからないらしい。そのうち、右手のほうに見えなくなった。

「ここは上さまだけのお食事をつくるのでしょうか？」

魚之進は訊いた。

「そうではあるまい。ほかにも近侍の者などが大勢いるから、その者の分もつくるのだろう。ただ、まずは上さまの分だろうがな」

筒井は言った。

中奥の台所には、女はいない。すべて、男の料理人や下働きの者が料理をするらしい。

なんでも、大奥には大奥の台所があり、そちらでは女が女のための食事をつくるのだという。ただ、上さまが大奥にこもられるときは、そちらで上さまの食事をつくるのか、それとも中奥から運ばれるのか、わからない。

わからないと言ったら、わからないことだらけである。果たしてそんなことで、味見方としての仕事ができるのか、魚之進はますます心許《こころもと》ない。生け簀《いす》のようなものも見
竈のほかにも、見たことのない調理器具や食材もある。生け簀のようなものも見えれば、鶏小屋のようなものも、奥の中庭に見えている。土間の隅に見えているのは、もしかしたら鶴の死骸ではないのか。あるいは死骸ではなく、寝ているだけなのか。いや、鶴が横になって寝るなんてことはないだろうから、たぶん死んでいる。

さっき、広いと毒が入れにくいなどといったが、台所までこれほど広いと話は違ってくる。これでは、どこで誰がなにをやっていてもわからない。

「はあ」

魚之進がため息をついたとき、さっきいなくなった案内役がもどって来た。

「大変なことになりました」

「どうなさった？」

筒井が訊いた。

「ど、毒が……」

「えっ」

誰かが毒を飲まされたのか。

──まさか、上さまが？

魚之進はもちろん、筒井も固まったようになった。

「御膳奉行の松武欽四郎《まつたけきんしろう》さまが、上さまの朝餉《あさげ》をお毒見中にふいに箸を落とされ、倒れられたのです。すぐに医者が駆けつけましたが、何度か嘔吐《おうと》したあと、先ほど亡くなられました」

「なんと」

この前、奉行所に来た鬼役である。今日も当然、会うことになっていた。

「朝餉の毒見をいまごろ？」

筒井が案内役に訊いた。

「上さまは昨夜、大奥で御酒を召し上がられ、目覚めが遅くなられたのです。それで、遅い朝餉になったようです」

「どんな食べものに毒が入っていたのでしょう？」

「たぶん、味噌汁《みそしる》だと、松武さまは苦しい息の下でおっしゃったらしい」

「味噌汁……」

「いま、味噌汁をつくった者たちが呼ばれているようです。もう少し、ここでお待ちください」

案内役はそう言って、呆然《ぼうぜん》と向こうに引き返して行った。

筒井たちは、ここにいるしかない。

「毒殺の計画というのは、本当のことだったのですね」

魚之進はかすれた声で言った。

「ああ。わしもまさかという思いだったが」

「あんな立派な体格をした方が……」

それでも死ぬほどなら、自分などは臭いを嗅《か》いだだけで死んでしまうかもしれない。

まもなく案内役が上役らしき人を連れてもどって来た。

「松武の同僚で、御膳奉行の社家《しゃけ》権之丞《ごんのじょう》と申します」

と、名乗った。

この人もいわゆる鬼役なのだろう。松武と違って、こちらはひどく小柄で、病み上がりのように痩《や》せている。

「わしは南町奉行の筒井だが、現場を見せていただけませぬか?」

と、筒井が社家に言った。

魚之進もうなずいた。毒殺の死体など見たくないが、しかし、ここは見ておかなければならない。毒見をした場所や、そのお膳も確かめておきたい。

だが、社家は首を横に振り、

「いまは混乱しております。また、後日、連絡いたします。どうか、今日はこのまま、お引き取りください」

ということになった。

二

まだ朝の五つ半（この時期だと午前九時ごろ）で、また、奉行所に行き、いつもの業務にもどることになった。

魚之進は、裃《かみしも》を脱ぐため、いったん家にもどった。

役宅にはお静《しず》がいる。

「ただいま帰りました」

奥からお静が、頭にかぶせていた手拭いを取りながら玄関口に出て来て、

「お帰りなさいませ」

と、手をついた。

以前、この家にいたときより、丁重というか、他人行儀になっている。それは、魚之進からすると、少し寂しい。

「父上は？」

「碁会所《ごかいしょ》に行かれました」

「わたしは着替えたら、また奉行所に出ます」

そう言いながら家に上がり、さっそく袴を脱ぎ始めた。

お静が手伝ってくれるので、

「姉上、それはなさらずとも」

と、魚之進も他人行儀に断《こと》わった。

「そうはいきません。居候《いそうろう》ですから。それよりも、ずいぶん早かったんですね？」

「ええ、ちょっと」

「もっと遅くなるかと思ってました」

「不慮の事態がありまして」

「なにか？」

魚之進は、話そうか、迷った。当然、家族であろうと、仕事のことは話してはいけない。ましてや、城内の秘密である。

だが、いま思うと、兄の波之進《なみのしん》はお静に話していたと思う。魚之進も、お静から解決の手がかりをもらったこともあった。

「これはぜったい内緒にしてもらいたいのですが」

「はい」

「上さまを毒殺しようとしている者がいる」

「まあ」

「わたしはそれを防ぐための一人として働くように命じられました」

「だから、お城に……」

「半信半疑でしたが、今日、毒見役が亡くなりました」

「えっ」

「すなわち、わたしも兄と同じ目に遭うかもしれません」

「………」

兄につづいて弟までも、殉職することがあり得るのだ。やはり、お静に思いを受け止めてもらえなかったのはよかったのだろう。

「だが、まあ、それは最悪の事態ですので、それほど心配はなさらないでください」

「心配するなと言われても、それは無理ですよ」

「それより、お静さんの家のことも詳しく訊かないと」

大粒屋《おおつぶや》が何者かに脅されているのだ。それもなんとか解決してやりたい。

「いいえ。うちの話などたいしたことではないのです。いまは大変なときでしょう。そちらが一段落してからで大丈夫です」

いつのまにか、お静の助けのおかげで着替えが終わっていた。

三

奉行所に行くと、麻次は岡っ引きたちの溜《た》まり場《ば》で、知り合いと談笑していた。

ふだん強面《こわもて》の岡っ引きたちだが、こういうときは駕籠《かご》屋の暇なときとほとんど変わらない。麻次は魚之進の顔を見ると、こっちにやって来て、

「旦那、もうもどられたので？」

と、言った。

「うん。今日は挨拶だけだった」

お静には話したのに麻次には言わない。なんとなく疚《やま》しさを覚えてしまう。

奉行所を出て歩き出すと、

「やっぱり町はいいなあ」

魚之進は思わず言った。

「お城はどういうところです？」

「立派だが、気づまりなだけ。大きな声では言えないけど、つまらないところだぜ」

「そうでしょうね」

お城の毒殺騒ぎはどこへやら、江戸の町は暢気《のんき》なものである。桜は大方散ったが、まだ八重桜が残っていたりする。その残った八重桜の下で、町人たちが竹筒に入れてきた酒を飲んでいる。行く春を、味わい尽くしている。城のなかは、桜があったかどうかも覚えていない。

「麻次、昼飯を食おう」

「いいですね。昼ですからそばでも？」

「うん。なんか疲れたので、ぎとぎとしたものが食いたい気分だ。魚市場に天ぷらを丼ものにした天丼を食わせる店があるんだ。兄貴に連れてってもらった店でな。このあいだ、久しぶりに行ったら、やっぱりうまかったよ」

「屋台じゃなくて？」

「うん。座って食えるよ」

天ぷらの店は、屋台が圧倒的に多い。けっして上等な食いものではない。小腹が空いたら、そこで串に刺して揚げた天ぷらを二つ三つ食べる。

天ぷらの屋台があると、近くの橋の擬宝珠《ぎぼうし》がぴかぴかしてくると言われる。指についた油をそこになすりつけていく者が多いからだった。

「それは、ぜひ」

と、麻次も賛成し、魚市場に向かった。

その店は江戸橋よりのほうにあって、のれんには〈天清《てんせい》〉と書いてある。間口は狭いが奥行きはけっこうあって、大きな樽《たる》と小さな樽が並んでいる。大きな樽に、できあがった天丼が載り、小さな樽に座って食べるのだった。

「これは月浦の旦那」

この前も来たばかりなので、あるじは笑顔を見せた。

「うん。こっちは仕事を助けてもらっている麻次親分だ。よろしく頼むよ」

「こちらこそ」

あるじはさっそく天ぷらを揚げ始める。胡麻油《ごまあぶら》の、濃厚だがいい匂いがあたりに広がる。

天丼に載せるのは、小エビと貝柱とネギと三つ葉を粉でといて、ごま油で揚げたかき揚げというやつである。

揚げたてで飯に載せ、甘じょっぱいたれをかければでき上がりである。

「これはうまいですね」

一口食べて、麻次は言った。

「うまいだろ。腹持ちもいいんだよ」

二人はたちまち食べ終えて、上がりの茶をすすっていると、

「ところで、旦那。天麩羅浪人というのはご存じですか？」

と、あるじが訊いた。

「天麩羅浪人？　なんだい、それは？」

「元の意味は、ぷらりと来た天竺浪人《てんじくろうにん》なんだそうですが、いつの間にか天麩羅浪人になったみたいです。ほんとは利介《りすけ》といって、江戸にいまの天ぷらを流行《はや》らせた人です」

「ああ、それって戯作者《げさく》の山東京伝《さんとうきょうでん》が天麩羅って字を当てたって話かい？」

「そうです、そうです」

「ほんとかどうか、わからないけどな」

丑《うし》の日にうなぎを食うようになったのは、平賀源内《ひらがげんない》のおかげとか、その類いの話で、信憑性《しんぴょう》は疑わしい。

「それで、その利介がどうかしたのかい？」

魚之進は訊いた。

「また、大坂から江戸に出て来たらしいんです。もともと大坂の人間で、天ぷらを流行らせたときも、大坂から江戸に来ていたときだったのですが、山東京伝のおかげで天ぷらは大流行したのに、なぜか数年でいなくなっちまったんですよね」

「それって、いつの話だい？」

「山東京伝が天麩羅と書いたうんぬんは、天明のころの話ですよ」

「というと？」

「五十年くらい前の話ですね」

「じゃあ、利介って人は？」

「もう、七十半ばくらいになっているそうです」

「それは凄《すご》いな」

「それで、その利介が、いまでは当たり前になっちまった魚肉類の天ぷらに対抗して、おむすびの天ぷらてえのを売り出したそうなんです」

「おむすびの天ぷらかよ」

以前、うどんの天ぷらにまつわる事件を解決した。だが、おむすびの天ぷらというのは、うどんよりも想像できない。

四

「見てみたいな、天麩羅浪人利介を」

腹いっぱいになった魚之進は、歩きながら麻次に言った。

「捜しますか？」

「捜そう」

天麩羅浪人利介は、天清のおやじによると、銀座の裏通りあたりに出没するという。夜は出ない。お昼前後というから、いまなら見つけられるかもしれない。

江戸っ子は銀座と呼びならわすが、名前の由来の銀座は、とうに蠣殻町《かきがらちょう》のほうに移転している。正しくは新両替町《しんりょうがえちょう》だが、江戸っ子はいまだにこのあたりを銀座と呼んでいるのだ。その銀座の四丁目、三原橋《みはらばし》に近いあたりの裏通りに来て、

「あ、まだ、やってるのか」

と、魚之進は足を止めた。

天麩羅浪人ではない。飴《あめ》細工の店が出ている。

「やあ」

魚之進は飴細工の職人に声をかけた。

「あ、あんたかい」

飴細工売りは、懐かしいような、面倒臭いような微妙な顔をした。歳《とし》は魚之進よりはだいぶ上だろう。四十半ばといったところか。

「しばらく見なかったけど、どこかに行ってたのかい？」

魚之進が訊いた。

「ああ、仙台に行って、そこから会津若松《あいづわかまつ》、金沢、京都と回って、二年ぶりにもどって来たんだよ」

「あんたより腕のいい飴細工の職人なんかいないだろう？」

「まあ、どこへ行っても褒められたけどな。多少はあんたのおかげもあるかもな」

職人は、そう言ってから、あらためて魚之進を見て、

「お隣にいるのは親分さんかい？」

と、訊いた。

「そうだよ。麻次親分てえんだ」

「というと、あんたは？」

「去年から町方の同心になったんだよ」

魚之進がちらりと十手を見せた。

「へえ、変な人が同心になったもんだねえ」

飴職人は、本気で唖然《あぜん》としたらしい。

「おいらは十代のころから、この人に無茶な注文を出しちゃ、困らせてたんだよ」

魚之進が、麻次に言った。

「たとえば？」

麻次が訊くと、

「そうだなあ。使い込んだまな板をつくってくれと言われたこともあったな」

と、飴職人は言った。

「まな板？」

「かんたんなかたちのものほど、飴細工でつくるのは難しいんだよ。微妙な色合いだの、肌触りだのまで出さなきゃならないんでね」

「なるほど」

「ほかにも、割ったばかりの薪《まき》とか、取れ立てのナスとかな」

飴細工の職人はそう言いつつも、面白がっている。

「これからは、またここにいるのかい？」

魚之進が訊いた。

「ああ。また、なにか注文しに来てくれよ。いつでも受けて立つぜ」

「ああ、じゃあな」

魚之進はまた、利介探しにもどった。

三原橋のところから三丁目のほうへ引き返したときである。

裏道の静かな一画で、うまそうな油の匂いがしてきた。

「旦那」

「うん。天ぷらかもな」

次の角のところに行ったとき、

「あれだ」

天ぷらの屋台が出ていた。旗にも〈日本一天麩羅〉とある。

揚げているのは、かなりの歳の男だった。

「あれが天麩羅浪人利介か」

魚之進は次の客だというように近づき、あるじをじっくり観察した。

痩せて、目が魚に似ている。ぎょろりとしているが、黒目のところはあまり動かない。身体《からだ》は生きているが、目が先に死んでしまったのか。

だが、元気そうだし、後ろにおいた食材を取るときの動きなども、なかなか俊敏である。

ちょうど食べていた客も年を聞いて、

「若いねえ」

などとお世辞を言っている。

「あたいが七十半ばになってもこれほど元気なのは、天ぷらのおかげ。さらに元気になれるのが、このおむすびの天ぷらだす。あっはっは」

美人の孫が付き添っている。

揚げているのは、おむすびの天ぷらだけではない。得意の魚肉類もあれば、レンコン、サツマイモ、銀杏《ぎんなん》などの野菜類もある。

魚と野菜を一、二本ずつ食べて、しめにおむすびの天ぷらを食べるよう勧めているらしい。

「味見方としては、腹いっぱいでも食わないわけにはいかないな」

魚之進たちの番が来て、

「今日は昼飯を済ませてしまったんだ。おむすびの天ぷらというやつだけ、二つ頼むよ」

「わかりました」

利介は要望に応えて揚げてくれた。

おむすびが衣を着ている。これは串に刺すわけにはいかないので、揚がったものを小さな経木《きょうぎ》に載せて渡してくれる。

「どれどれ」

熱いのでふうふういいながら食べる。米はよく搗《つ》いた白米ではなく、五分搗きくらい種を取った梅干しが入っている。

ではないか。そのまま食べたら、やや硬いはずである。脂で揚げる分を考慮したのだろう。それを海苔《のり》でくるんでいる。ご飯がまったく見えないくらい、海苔をたっぷり使っていた。

油は胡麻油ではない。もっとさらっとしている。新しい油を使っているのだろう、香りもいい。

「こりゃあ、うまい」

と、魚之進はもう一つ頼んでしまった。

五

七つ半（この時期は午後五時半ごろ）になったので奉行所にもどって来ると、

「月浦、口の周りに油がついてるぞ」

最古参の同心である古川鯉蔵《ふるかわこいぞう》が言った。古川は六十五歳の、老人といってもいい歳だが、隠密《おんみつ》回りとしてかなりの活躍をしている。六十五だが、見た目は八十近い感じである。どこでなにをしようが、どうせ惚《ぼ》けた年寄りのすることだと、誰も気にしない。それで、ほうぼうに潜入しては、多くの手柄をあげていた。

「あ、すみません」

魚之進は手の甲で口をぬぐった。

「稲荷寿司《いなりずし》でも食べたか？」

「いや、おむすびの天ぷらを」

「なんだ、そりゃ？」

訊かれて、帰って来た天麩羅浪人利介のことを話した。

「ああ、あいつか」

「ご存じなので？」

「いや、直接は知らない。ただ、先輩同心で本田伝八《ほんだでんぱち》って人が」

「本田伝八？」

魚之進の親友である。もてない同士で、ずいぶん慰め合ってきた。

「ああ、いまのはその孫だろう。同じ名前にしたんだな」

「なるほど」

「その本田さんが、利介を怪しいと言ってたんだ」

「怪しいって？」

「泥棒かもしれないと」

「そうなので」

この話に、魚之進の隣の席にいる十貫寺《じっかんじ》隼人《はやと》が反応した。

「ほう。面白い話ですね。天麩羅浪人利介が、じつは大泥棒だったとなると、捕まえれば江戸っ子は大喜びでしょう」

「大泥棒かどうかはわからんぞ」

「いや、天麩羅浪人なんて別名があれば、一両盗んでも、大泥棒ですよ」

十貫寺隼人はそう言うと、立ち上がって、どこかに行ってしまった。

その後ろ姿を見て、

「月浦、ちょっと過去の記録を当たってみたらどうだ?」

と、古川は言った。

「ええ」

魚之進は厠《かわや》で用を済まし、それから奉行所の書類を管理する例繰方《れいくりかた》に顔を出した。

「天明年間の、いまから五十年前くらいの捕物帳が見たいんですが?」

魚之進が丁重に閲覧を申し出ると、

「ないよ」

と、素っ気なく言われた。

「ない?」

「たったいま、十貫寺隼人がドサッと借りて行ったから」

「そうなんですか」

「本気で調べるつもりらしい。手柄になると踏んだのだろうか。食いつきのよさは、海老《えび》で釣るときの鯛《たい》のようである。美男子であれだけ飢えた感じがする人も珍しい。

魚之進はとりあえず十貫寺にまかせることにした。

だが、それから三日ほどして、

「魚之進。あの件はお前にまかせる。例繰方の記録を読んだが、利介に関しては、どうもたいした記録はなかった。やはり、泥棒でもこそ泥程度だったのだろう」

と、十貫寺は言い、風呂敷《ふろしき》に包んだ書類を魚之進に渡した。冊子状に綴《と》じたもので、二尺分ほどの高さになる。これを三日で目を通した十貫寺もすごい。

「いや、でも、十貫寺さんが見てわからなかったのが、わたしにわかるわけはありませんよ」

「それなら、例繰方にもどしておいてくれ」

「はあ」

魚之進はそう言われて、例繰方にもどしに行った。

だが、その途中、これが駄目なら、

――本田伝八を訪ねてみようか。

と、思った。

暮れ六つで奉行所を出たあと、本田の家を訪れた。

今日も例の料理小屋みたいなところに籠もり、なにかつくっていた。

凄《すさ》まじい腐敗臭が外まで流れてくる。

「お前、なにつくってんだよ？」

「納豆だ」

「これが納豆？」

「そう。納豆なんか買って食うのは馬鹿馬鹿しくなってな」

「でも、臭いが変じゃないか？」

こんな臭いをさせながら、小石川の養生所に行くと、病人の回復が遅れるのではないか。

「そんなにひどいか？」

「お前、絶対つくり方、間違えてるぞ」

「そうかなあ」

本田は大豆の粒を噛《か》んだり、臭いを嗅いだりしているが、いまは納豆などどうでもいい。

「それより、お前の祖父《じい》さんも本田伝八だったんだってな？」

「そう。うちは代々、伝八と伝七《でんしち》を交互に継いできたんだ」

「定町回《じょうまちまわ》りだったんだって？」

「うん。祖父さんは腕利きというか、もの凄《すご》く疑《うたぐ》り深《ぶか》い人だったらしいな」

「疑り深い？」

「そう。まさに、人を見たら、泥棒と思えというのが信条だったらしく、まれにとんでもない手柄を立てたが、冤罪《えんざい》もずいぶんつくったらしい。親父《おやじ》はよく、祖父さんの悪口を言ってたよ。わしが養生所に行かされたのは、祖父さんのせいだって」

「ふうん」

「うちにも祖父さんが書いた『疑惑帖《ちょう》』ってのが、こんなにあるぞ」

と、本田伝八は両手をいっぱいに広げた。

「疑惑帖？」

「だから、祖父さんが疑いをかけたことを書き綴《か》ったものだよ。そんなもの、奉行所の正式な書類として残るわけがない。うちでも処分したいが、いちおう祖父さんの仕事の跡だからな」

「それ、見せてもらえないか？」

「ああ、いいよ」

それから本田家の書斎のような部屋に入れてもらい、天明年間のところを貸してもらった。

魚之進は役宅にもどると、この疑惑帖をむさぼり読んだ。

本田の祖父さんというのは、やはり相当変な人だったらしい。「人を見たら泥棒と思え」とほんとに思っていたらしく、一日に平均三人は泥棒らしき者を見かけ、人相を書きつけたり、跡をつけてみたりしている。じっさい、そこから本物の泥棒も出ているのだ。ただし、百人に一人くらいの割合だから、冤罪も多かったはずである。

天麩羅浪人利介のことも書かれていた。
○九月二十二日　京橋から尾張町《おわりちよう》にかけて出没する、屋台の天ぷらを売る利介なる者、目玉がぎょろりとしていて、その視線はいかにも金持ちに見える者ばかりを追いかける。じつに怪しい。

○九月二十五日　銀座二丁目の玉川屋の隠居、自慢の根付《ねつけ》を盗まれた。好物の海老の天ぷらが食べたくて、うっかり食いに出た隙に、空き巣に狙われたという。その天ぷら屋は、利介だったらしい。
○九月二十八日　銀座四丁目の甲州屋の隠居が、自慢の将棋の駒を盗まれた。大好きなナスの天ぷらを食いに、妾《めかけ》といっしょに出たところを、泥棒に入られた。その道の人には有名な駒だったらしく、悔しがることしきり。
○十月三日　利介を尋問す。泥棒の疑いをかけると、青くなって弁明した。自分は金持ちであり、なにゆえに泥棒などせねばならぬのかと。だが、疑いは解かず。
○十月五日　再度、利介を尋問せんとするが、利介の姿なく、住まいとしておった長屋を訪ねれば、すでに大坂へ帰ったとのこと。はなはだ怪しかったが、大坂に逃げられては如何《いかん》ともし難し。

これで、利介についての記述は終わっていた。
なるほど、本当に怪しい。
――これは、先代の本田伝八が睨《にら》んだとおりだな。
と、魚之進は確信した。

翌朝――。

奉行所に行き、麻次と顔を合わせるとすぐに、

「利介は泥棒だったぜ」

と、言った。

「そうなので？」

「おれの同僚で本田伝八の祖父さんが、あいつの若いときを怪しんで、いろいろ行動を書き残していたんだ。それを読むと、たぶん間違いない」

「へえ」

「手口はこうだよ。まず、狙うのは金じゃない。金持ちの隠居が持っているお宝だ。金は厳重に金蔵《かねぐら》に入れていたりするが、隠居のお宝は自慢したいものだから、そこらに置いてあるだろ」

「なるほど」

「利介はそれを狙って、噂《うわさ》の天ぷら屋の屋台をその近くに置くわけさ。そこで、胡麻油のいい匂いをぷんぷんさせる。そのとき、隠居の好物なども女中の買い物などから探るんだろうな、あらかじめ知っているわけさ。それでその好物も揚げる。隠

居なんてたいがい食い意地が張っているから、もうたまらずに買いに行くわけさ」

「女中を行かせるんじゃないですか？」

と、麻次は疑問を呈した。

「うん。それはおいらも考えたよ。利介は女中が来たら、天ぷらの揚げ具合はどうするだの、海老も種類はどれがいいだのを訊くわけさ。隠居は結局、自分じゃないとわからないと、すぐ近所だから戸締りもせずに出て来てしまう。そこを、もう一人の相棒がすばやく忍び込み、お宝を頂戴するって寸法さ」

「よく見破りましたねえ」

麻次は感心した。

「いや、見破ったのはおいらじゃない。本田伝八の祖父さんなんだ」

「しょっぴきますか？」

麻次が訊いた。

「七十半ばの年寄りを、五十年前の罪でかい？」

「そういうことですが」

「気が進まないなあ」

「ですよね。でも、大坂じゃしてなかったんですかね？」

「少なくとも、しょっちゅうはしてなかったんじゃないか。大坂の町奉行所だって、本田伝八みたいな人はいると思うぞ」

「そうですね」

「ただ、あの歳になって、また江戸に来たというのが嫌だよな」

「確かに」

「よほどの目的がないと、いまさら江戸に出て来たりしないだろう」

「なんなんでしょうね」

魚之進と麻次は、二人で首をひねりつづけた。

六

魚之進は、調べのためではなく、天ぷらに惚《ほ》れた客として利介の屋台に通うことにした。この前も、同心姿ではなかったので、町方の者とは思っていないはずである。

麻次はやはり油っこいのはつらいらしく、天ぷらを食うのは魚之進の役にして、利介の住まいのほうを見張ってもらうことにした。

住まいは跡をつけるとすぐにわかった。利介は長屋を見つけたわけでもなければ、宿屋に泊まっているのでもない。なんと、日本橋の一流料亭〈瀧澤《たきざわ》〉の一室に泊まり込んでいたのだった。しかも、この料亭には、大坂の金持ちである鴻池《こうのいけ》一族の隠居も泊まっていて、どうも二人はいっしょに江戸へ出て来たらしかった。

「鴻池の隠居といっしょに?」

「ええ?」

「鴻池の隠居はなにやってるんだ?」

「毎日、江戸見物したり、料亭で茶会を開いたりしています」

「それで、いっしょに来た利介は屋台の天ぷら屋か?」

「そういうことですね」

どう見ても変である。

利介の屋台に通いつづけ、三日目あたりになると、なんか天ぷらより、ふつうのぶっかけそばが食いたくなってきたが、それでも我慢して食べていると、

「あたいの天ぷらをずいぶん気に入ってもらえたようですな」

と、利介のほうから声をかけて来た。

これを待っていたのだ。

「いやあ、うまいねえ」

「うまいんです、あたいの天ぷらは」

「ここに、元祖って書いてあるな？」

「そう。天ぷらという料理は、昔からあります。なにせ、家康《いえやす》公が鯛の天ぷらを食べ過ぎて亡くならはったくらいですから」

「そうだよな」

「でも、戯作者《げさくしゃ》の山東京伝先生が、あたいが大坂の魚のつけ揚げを江戸の人に食べさせたいという話をすると、ほならお前は天竺《てんじく》からふらりとやって来た浪人だという物語をくっつけ、江戸っ子の興味をかきたてたほうがええというので、天麩羅という漢字を当ててくれはったんですよ」

「なるほど」

「以来、皆が真似《まね》して、魚のつけ揚げの天麩羅だらけ。しかも、それが江戸前だっちゅうんやから、笑うてしまいますわ」

「それくらい流行ったんだな」

「大流行りです。あたいも揚げても揚げてもきりがないので、嫌になって大坂に帰ってしもたんですから」

「そうだったんだ」

もちろん本田伝八に目をつけられたからだろうなんてことは言わない。

「でも、ずいぶん儲《もう》かったんだろうな」

「儲けなんてどうでもええんですよ」

利介はせせら笑いながら言った。

「そうなの？」

「あたいは十五のときに丁稚《でっち》奉公に出ましたんやが、すぐに米相場の仕組みに興味を持ちましてね。はした金から相場に手を出し、二十歳のときにはすでに一生かかっても使い切れんような金を持っていたんです」

「そうなの」

「というて、それを元手に堅い商売をなんてことは嫌でした」

「へえ」

「あたいは面白いことがしたかったんです」

「それで天ぷらを？」

「江戸っ子を喜ばしたかったんですよ」

そこはなんか嘘《うそ》っぽい。

だが、すでに大金持ちになっていて、面白いことをしたかったというのは本当かもしれない。でなければ、あの当時も、売れっ子の山東京伝に相談し、天ぷらの売り方を考えてもらうなんてことはできなかっただろう。

「でも、また、江戸に出て来たんだ？」

「まあ、昔からの友だちが江戸に来ることになったので、あたいも誘われたのでね」

「そうなんだ」

それが鴻池の隠居なのだろう。

「それと、江戸に蔓延《まんえん》した天ぷらを、本家本元が馬鹿にしてやろうかと思いましてね。だいたい江戸では天ぷらを胡麻油で揚げますでしょ。一つ二つ食う分にはいいが、あれはくどいんです。材料を殺しかねないんです。もっとおとなしい油を使わんと駄目」

「なるほど」

確かに、これを食べてしまうと、いまの江戸の天ぷらはくどく感じるかもしれない。

「どうです？　江戸の天ぷらとは違いますでしょう？」

「うん。なんの油なんだい？」

「それは言えまへん。また、すぐに江戸の連中に真似されてしまいまんのでね。ただ、一種類じゃなく、混ぜて使うてます」

「なるほど。それじゃあ、わからないな。でも、おむすびの天ぷらには驚いたな」

「そうですか。ふっふっふ」

なんか隠しごとがありそうな含み笑いである。

「はい、どうぞ」

利介は揚げた海老を魚之進に出した。

「天ぷらの揚がり具合は、色だけ見てちゃ駄目でね。音が大事なんです」

「音？」

「ええ。このちりちりという音。あたいは歳を取ったんでもう聞き取れないかと思たんですが、この娘《こ》がちゃんとわかってくれましてね。揚がったところで合図してくれているんですよ」

利介はそう言って、孫娘を見た。

孫娘は、恥ずかしそうに肩をすくめた。

海老もうまい。ぷりぷりしている。揚がり具合が絶妙だからだろう。

これだけの料理を工夫できるというのは、やはりたいした才能なのだ。

――捕まえることになったら勿体《もったい》ないよな。

と、魚之進は思った。

七

「あーっ」

魚之進は、朝飯を食べたあと、大きく伸びをして、ごろりと横になった。今日は二月の二十七日である。七のつく日は、魚之進の非番に当たっている。

じつは、今年になってから、魚之進は四のつく日と七のつく日は非番にするようにと、上司である安西佐々右衛門《あんざいさざえもん》から言われていた。

「あまり働かせ過ぎるのはよくないと、お奉行からも言われているのでな」

ということだった。

確かに、町方の同心たちは、だいたい月のうちの半分は非番になっている。それでも、町方は働き過ぎだそうで、お城のお役目だと三、四日に一度しか登城しないというのもざらにあるらしい。

だが、魚之進は逆に、非番などせいぜい月に三日もあれば充分だと思っている。ただ、それでは麻次が可哀《かわい》そうなので、麻次は四と七の日は休んでいいことにした。

魚之進としては、休むより少しでも仕事ができるようになりたい。兄の波之進に少しでも追いつきたい。

じっさい、いまも天麩羅浪人のことが気になってたまらない。

利介が七十半ばにもなって、なぜ、わざわざ江戸にもどって来たのか?

おむすびの天ぷらは、なにを意味しているのか?

謎は横たわったままなのである。

——今日も天ぷらを食いに行くか。

そう思ったとき、

「ごめんください」

玄関で、女の声がした。

「はい」

と、お静が出て行き、

「魚之進さん。可愛《かわい》らしい女の人が」

「女の人？」

すぐにおのぶのこととわかったが、しらばくれて立ち上がった。

たぶん、遊びに来たのだ。もしかしたら、蕪村《ぶそん》の句集と、写した絵も持って来たのかもしれない。この前、取手《とりで》からの帰り道で、魚之進が与謝《よさ》蕪村が大好きだという話をしたのである。すると、京都で蕪村の絵を何枚か模写したし、句集も持っているというではないか。「それはぜひ見たい」と頼んでおいたのだった。

玄関口に出ると、やはりおのぶだった。

「やあ」

「今日、二十七日でしょ。持って来たの、例のやつ」

「うん。どうぞ」

魚之進が上がるよう勧めると、おのぶは声を低め、

「魚之進さんの奥方さま？」

と、聞いた。

「馬鹿言うなよ。兄貴の嫁さんだ。実家にもどっていたけど、実家でちょっと面倒ごとがあり、しばらく預かることになったんだ」

「あ、そうだったね。去年、一度、お会いしてたっけ。でも、きれいな人だよね」

「まあ、兄貴も美男で有名だったから」

「魚之進さんに似てた？」

「そんなわけないだろうが」

「だよね」

と、おのぶは笑った。

上がるとすぐ、おのぶは二枚の模写した絵を見せてくれた。

夜の雪景色を描いた〈夜色楼台図《やしょくろうだいず》〉というのと、雪が降るなかでカラスが二羽《わ》、木に留まっているところを描いたものだった。これは、強風のなかのトビの絵と一対になっていて、そっちは模写していないという。

「素晴らしいね」

魚之進は感嘆した。

元の絵も凄いのだろうが、模写したおのぶの画力もたいしたものなのだろう。だが、模写でもこれほど素晴らしいのだから、本物はどれほど凄いのかと、魚之進はしばらく見入ってしまった。

「それとこれは句集。亡くなったあと、お弟子さんが編纂《へんさん》したものですって。魚之進さんにあげるよ」

「いいの？」

「うん」

おのぶは気前がいい。

「でも、蕪村て絵師としての評判は凄くいいけど、発句のほうはそうでもないみたいよ」

「そうなの？」

それは意外である。魚之進は芭蕉《ばしょう》やその弟子たちより、断然、蕪村の句が素晴らしいと思っている。もっとも、蕪村自身は芭蕉を尊敬していたみたいなのだが。

それからおのぶは、京都の画壇の人たちの凄さを話し始めたが、そこへお静がお茶とお菓子を持って来て、話題がずれた。

「あら、おのぶさんの家は浅草福井町《ふくいちょう》なの。あたし、子どものころ、うちの寮が第《だい》六天《ろくてん》社の前にあって、何年かはそっちで育ったのよ」

「えっ。あたし、しょっちゅうあの境内で遊んでましたよ」

「おのぶさん、たしか二十二でしたよね？」

「ええ」

「じゃあ、ぜったい顔合わせてる」

「ほんとだ」

二人は見つめ合った。

「あ、いたかも」

「うん。お静さん、いた」

二人は互いに指差し合った。

「ああ、いたいた」

膝で飛び上がるようにして、もう大騒ぎである。

「手鞠《てまり》唄とか覚えてる？」

お静が訊いた。

「もちろん」

おのぶがうなずき、うたい出した。

〽おむすび　ころころころがって
お池におっこち　ばらばらに
お魚さんはにっこにこ
みんなでなかよく食べました

途中から、二人で声を合わせ、魚之進は唖然として聞いていたが、

「おむすび、ころころ転がってか……ん？」

閃《ひらめ》いたことがあった。


翌日、奉行所に出て来ると、麻次の姿を捜し、
と、声をかけた。

「おい、麻次。利介がやろうとしていることが、なんとなくわかったよ」

「それは？」

「たぶん狙っているお宝は二階にあるんだ。それで、利介の相棒はそこには入ることができるわけ」

「ははあ」

「隙を見て、お宝を屋根に放るんだ。お宝はころころ転がって下に落ちるよな。利介はそれを取って、天ぷらに揚げてしまう」

「揚げるんですか？」

「お宝は熱に強くないと駄目だよな。金なんかじゃないんだ。それで揚げると見た

目はおむすびの天ぷらだよな。そこへもう一人の相棒がいて、それを買って行ったとしたらどうなる？」

「お宝は忽然《こつぜん》と消えてしまいますね」

「そうなんだ」

麻次はしばらく考え、

「やる前にしょっぴきますか？」

と、腕まくりして訊いた。

「それは駄目だろう」

泥棒はやる前に捕まえることはできない。

「では、盗まれて、天ぷらに揚げたところで？」

「それだと……」

ほかにもなにか仕掛けがあったりすると、盗まれたものが見つからなくなるかもしれないのだ。

八

麻次が利介を見張っている。もちろん魚之進も交代するし、麻次の仲間にも手伝ってもらった。

二日のあいだはなにもなかった。

だが三日目の朝。

利介は屋台の場所を変え、そこからお濠《ほり》のほうに行き、西紺屋町《にしこんやちょう》へ移った。後ろは黒板塀で、江戸屈指の札差〈立花屋《たちばなや》〉の隠居が住んでいる家だという。

「そこだ」

魚之進は駆けつけた。

利介に気づかれないよう、そっと窺《うかが》う。

「まさか立花屋の隠居が天ぷら好きなので？」

麻次が訊いた。

「そうじゃないだろう。直接、訊いてみよう」

魚之進は、横道を入ったところにあるこの家の玄関を訪れ、町方の同心だと名乗って、なかに入れてもらった。

「今日、こちらの家でなにか変わったことがおこなわれるとか？」

「変わっていることはないと思うが、今日は茶会を開くことになってますが」

立花屋の隠居は苦笑して言った。

札差などはいろいろ際どい商売もしているはずだが、隠居はいかにも上品で、すがれた感じもする。

「茶会では、有名な茶器が使われたりするのでしょうか？」

「それは、まあ、わたしの自慢の茶器を並べて、それを使ってもらうという会ですので。それがなにか？」

「狙われてますよ」

と、魚之進は意気込んで言った。

「そりゃあ、いつも狙われていますよ。そのために、いつも用心棒を置いているくらいですから」

町方などには頼らないという言い方である。

「なるほど」

「それに、今日の会は大丈夫でしょう。客は七人ほどだが、皆、大金持ちです。そんな下品なことはしませんよ」

「大金持ち？」

「三井《みつい》も来れば、札差仲間も来る。大坂からは、鴻池一族の隠居もわざわざ来てくれる」

「大坂から鴻池が」

それである。もはや間違いない。利介の相棒は鴻池の隠居なのだ。

「念のため、その茶室を見せてもらえませんか？」

「かまいませんが、帰られるときはなにか隠さなかったか、確かめさせてもらいますぞ」

「もちろんです」

魚之進は二階に上がった。

「ははあ」

茶室だが、二階にあるので景色がいい。

狭い部屋で、薄暗く、もちろん外の景色も見えない部屋でやるのがふつうだろう。だが、ここはお城の石垣やお濠が一望できるのである。

「素晴らしい景色ですね」

「そう。この景色を馳走《ちそう》しないというのは、茶人としてむしろ狭量だとおもったのです」

檜皮葺《ひわだぶ》きの屋根が、窓の外に見えている。うまく角度を工夫したらしく、お濠とこの家のあいだに道があるのだが、その道は屋根で隠れてしまい、すぐ下がお濠のように見えていた。だが、そこにはいま、利介の屋台がある。

「これは?」

転がしやすいかたちの茶碗《ちゃわん》が目に入った。ふつう茶道で使われる茶碗よりはだいぶこぶりである。

「よく、目に止められましたな」

「名器ですか?」

「もちろんです。二百両で譲ってくれと言われましたが、断わりました」

「二百両……」

たかが茶を飲む器なのではないか。

「名前もあります。〈天竺の青い空〉と呼ばれています。もとは茶道の器ではありません。なんでも、天竺の向こうにある国の王が、これで酒を飲んでいたそうです。だが、長崎に入り、それを茶の湯に使ったところが、たちまち名器と評判になりました」

「へえ」

だが、きれいなものであることは間違いない。ギヤマンなのか、それとも石を削ったのか、魚之進にはわからないが、深い青色はいつまでも見ていたいほど美しい。

しかも、全体が丸く、屋根を転がすのにもぴったりのかたちである。

また、金などと違って、油で揚げても、大丈夫そうに見える。

「狙われているのはたぶん、これでしょうね」

と、魚之進は言った。

「なんと。では、これは隠しておきましょう」

「隠すのはいいのですが、下手人は捕まえたいのです」

「そりゃそうでしょう」

「贋物《がんぶつ》をつくらせてもらえませんか？　悪事を実行した現場を押さえたいんで」

「贋物を？」

そんなことができるのか、という顔をした。

「大丈夫。そっくりの贋物をつくらせます」

魚之進はそう言って、麻次を待たせたまま、三原橋近くへ走った。

それから一刻半（およそ三時間）ほど経《た》って——。

茶会に招かれていた鴻池一族の隠居が、なにげないそぶりのまま、この茶碗をひょいと屋根に放った。

魚之進はそのようすを、お濠の対岸から確かめた。

それから数寄屋橋を渡り、隠れている麻次のところへ行った。

「どうだ？」

「ええ。転がってきたやつをすぐに揚げ始めました」

まもなく相棒が来るはずである。今日は孫娘がいないので、たぶんそれを買うという役をするのではないか。

「よし。行こう」

魚之進は、麻次とともに利介の前に立った。

今日は、町回りの同心姿である。

「え？」

利介は怪訝《けげん》そうな顔をした。

「利介さん。忙しそうだな」

「あんさんは？」

「じつは町方の同心をしてるんだ」

「さよでっか」

「いま、揚げているおむすびの天ぷらをもらいたいんだ」

「でも、これは」

そこへ孫娘が来て、

「お爺《じい》さん、おむすびの天ぷら一つ」

と、言った。

同心姿の魚之進が、通っていた客とはまだ気づいていない。それくらい魚之進は若い娘の目に留まらないのだろう。

「はい。おむすびの天ぷらね」

利介はすばやくそれを箸でつまもうとした。天竺の青い空を、早くここから持ち出させたいのだ。

「無駄だと思うぞ。もう、溶けちまってるから」

わきから魚之進が言った。

「え？」

「茶碗じゃない。飴細工だったんだ」

あの職人を連れて来て、そっくりのものをつくらせておいたのだ。

「面白い仕掛けだったが、これで終わりだ。最後に、その絶品の海老とイカの天ぷらを食わせてくれ」

と、魚之進は言った。

鴻池一族の隠居・西岡為右衛門《にしおかためえもん》と利介は、同じお宝道楽で五十年来の友人同士だったという。利介のほうはそうでもないが、西岡は茶器の珍品に目がなく、江戸で噂の〈天竺の青い空〉がどうしても欲しくなっていた。

「利介はん。あれ、あれ」

「あれって、なんや？」

「あんたの若いころの十八番《おはこ》」

「凧揚《たこあ》げか？」

「また、そないなふうにとぼけはって。天ぷら屋の真似するやつや。あれをもういっぺんやってくれ」

二人のあいだにもはや秘密というものはなく、互いの悪事もすべて自慢し合ってきたのだ。

「天ぷらか？」

「そうや」

「どこで？」

「江戸で」

「江戸か」

利介は懐かしさを覚えたという。江戸というのは利介にとって、大坂と違ってどこかのんびりし、油ぎってもおらず、騙《だま》しやすい人間が、生真面目に右往左往している町だった。その人の良さみたいなものに、もう一度、触れてみたくなったらしい。

「行けるかな、江戸まで？　わしらもう二人とも七十五やぞ」

と、利介は言った。

「なあに、若いのを四、五人、いっしょに連れて行けばええやないか。それにお鶴《つる》も連れて行くよって」

お鶴というのは、西岡と利介の共通のお妾だった。もちろん、別々のお妾などいくらでも養うことはできるが、親友同士でお気に入りの娘を共有するのがいいらしい。

かくして二人は、江戸にやって来た。

唸《うな》るほどの金も、世に稀《まれ》な数々のお宝もあり、さんざんいい思いもし、長生きもしてきた二人の男。それがいまだに物欲を断ち切れず、はるばる大坂から、手間暇かかる仕掛けを用意して、江戸に出て来たのである。

魚之進は、憎しみなどは湧かない。

逆に、敬意すら感じた。

とはいえ、見逃すわけにはいかない。ほかにもいっしょに大坂から来た若い者はいるが、連中は計画を聞かされてはいなかったらしく、利介と西岡為右衛門とお鶴の三人だけをお縄にした。

お鶴はともかく、西岡も利介も、調べに対し、まるで善と悪の境はどこにあるのだと思ってしまうほど、淡々と物語った。

「しくじったけど面白かったですわ」

利介はそうも言った。

魚之進は、人の欲望の不思議さに、首をかしげるばかりだった。

第二話　スッポンぽん

一

月浦魚之進が外からもどって来ると、安西佐々右衛門がやって来て、

「お奉行がお呼びだ」

と、言った。

「わしは来なくてよいそうだ」

と言うので、魚之進は一人で、私邸のほうではなく奉行所内の筒井和泉守の部屋を訪ねた。筒井は王将を取られてもまだ粘っている将棋指しのように難しい顔をしながら、ギヤマンの鉢に入れた金魚に餌をやっているところだったが、

「お、月浦か。じつは本日、評定所《ひょうじょうしょ》の会議で、ご老中からあの毒殺のことが報告されたのだ」

こっちを見て言った。

「今日ですか」

あれからずいぶん日にちが経っている。幕閣くらい偉くなると、月日の過ぎるのを遅くできるのかもしれない。

「味噌汁をつくった者たちを厳しく尋問してきたが、誰がやったかはわからぬらしい」

「味噌汁をつくっている人のなかにはいないでしょうね」

と、魚之進は言った。それはいくら尋問しても無駄なような気がする。

「そうよの。それで、わしが毒の種類は？　と訊くと、ご老中は意外な顔をされて、毒は毒だろうとおっしゃった」

「………」

魚之進は呆《あき》れて声も出ない。

なにげなく金魚鉢を見ると、二匹いる金魚のうち、片方は食い足りたらしく、底のほうでうとうとしているようだが、もう一匹はもっと食べたいと言わんばかりに、水面をぐるぐる回っている。

「わしも戸惑っていると、ご老中はたぶん石見銀山《いわみぎんざん》だろうとおっしゃったが、あれは当てにならぬ。つまり、毒の特定もできておらぬというわけだ」

「はあ」

「お城のほうでは、とにかく内密にせねばならぬ。それを第一としている。したがって、外の医者も呼べぬ。調べも進まぬわけさ」

筒井はそう言って、首を曲げ、ぽきぽきと音を立てた。よほど疲れる会議だったらしい。

「上さまのお耳には？」

「いや、上さまはご存じあるまい」

「そうなので？」

本人に危険だという自覚がなければ、毒殺など防ぎ得ないのではないか。

「お城というのはそういうところなのさ。大事なことが上さまに伝えられない。ご心配をおかけしてはいけないというもっともらしい理由でな」

「それで、わたしは？」

「もう少し待つようにとのことだった」

「そうですか」

もう松武殺しの下手人を捕まえるのは難しいだろう。捕まえられなくした人くらいはわかるかもしれないが。

「わしは、上さまをお守りしたいなら、一刻も早く、味見方に調べさせてくださいとはお願いした。月浦。そなたの知恵が必要だと、わしもつくづく思った」

「…………」

魚之進は俯《うつむ》いた。期待されても困るのである。これは、市井《しせい》で起きる事件とは、まったく違っている。

二

味見方の見回りは、江戸市中いろんなところを回る。散策しながら、名物だの、流行っているものだのを食べ歩く。

「物見遊山が仕事か」

と言われれば、いちがいに否定できないところはある。なにも面倒なことが起きなければの話だが。

ところが、これが起きるのである。亡くなった兄波之進の最期の言葉は、

「美味の傍《そば》には悪がある」

だった。兄貴がからんだ事件はどうにか決着したが、それでもこの遺言みたいな言葉は生きていると思う。美味を成り立たせるものに、悪がひそんでいると同時に、美味は悪を呼び寄せる気もしてくるのだ。うまいうまいと食欲に溺れていると、知らないうちに悪に加担させられていないとも限らない。

今日は麻次とともに麻布界隈《あざぶかいわい》にやって来た。

麻布というのは坂の町である。したがって、どうしても足が遠ざかりがちである。が、麻布には意外に人気のある食いもの屋が少なくない。

朝から麻布竜土六本木町《ろっぽんぎちょう》の界隈をぐるりと回り、それから芋洗《いもあらい》坂を下って、鳥居《とりい》坂や暗闇《くらやみ》坂など坂が集まるあたりまで来た。こういう場所にはありがちだが、ここにも池があり、その縁《ふち》を十歳くらいの男の子が、スッポンを二匹、藁《わら》で縛って歩いていた。そのあとを五歳くらいの女の子がついて歩いている。

「ここで釣ったのか？」

と、魚之進は声をかけた。

「うん」

「食うのか？」

「違うわい。売るんだい」

黄色い鼻水を垂らした男の子が、当たり前だろうと言わんばかりの調子で言った。

「売るんだい」

と、女の子が真似して言った。妹らしい。

「いくらで売れる？」

「一四五文（百円）だよ」

「ほう」

いい値段である。魚之進も釣ったものを魚屋などに売って、小遣い稼ぎをしていた時期がある。暇があるならいまでもやりたい。

「そこの〈スッポンぽん〉が買ってくれるのさ」

男の子が指差したところに、スッポンの絵を描いた店があった。飲み屋も兼ねるらしく、昼前のいま時分は、まだ閉まっている。

「スッポンぽん？」

「店の名前だよ」

と、男の子は笑って言った。

スッポン鍋は、アンコウ鍋よりもっと格下の、いわばゲテモノである。これも、アンコウと同様に独特の臭みがある。

昔は誰も食わなかったらしい。

だが、料理法が進んで、近ごろは凄くうまいスッポン鍋を出すところもあるらしい。

「変わった名前だな」

と、魚之進は言った。

「うん。客は裸になって食わなきゃならないんだって」

男の子がそう言うと、

「裸だって」

と、妹が顔をくしゃくしゃにさせて言った。その無造作な笑顔が、なんとも可愛らしい。

「裸になって、スッポン食うのか?」

「だから、スッポンぽんだよ」

「へえ」

「安くてうまいらしいよ」

「ほう」

「おとっつぁんがそう言ってた。じゃあね」

男の子はそう言うと、店のわきから裏のほうへ、妹の手を引いて入って行った。

それを見て、魚之進と麻次は歩き出す。

「裸で食うという趣向はなんですかね?」

麻次が訊いた。

「名前が先かもな」

「なるほど」

「夜、出直そうか？」

「行きますか？」

「いやあ、やっぱりいいよ」

うまいスッポン鍋は食べたいが、裸になって食うというのは嫌である。

「ま、わざわざ裸になってまでスッポンなんか食いたくないですね」

「うん。行かざるを得ないようなことにはなってもらいたくないよなあ」

魚之進は言った。

だが、行きたくない店で、面倒なことが起きがちなのである。起きてほしくないことが起きるのが、世の中なのである。

三

そこから麻布一之《いちの》橋《はし》のほうへ歩き出したとき、十間ほど向こうで、満面に笑みを浮かべながら、こっちを見ている男がいた。

「うわっ、まずいやつに会ったなあ」

麻次は顔をしかめた。

「誰だい？」

魚之進が訊いた。

「ええ、へらへらの万吉《まんきち》と言いましてね。商売は棒手振《ぼてふ》りしたり、近所の引っ越しの手伝いをしたり、まあ定職はないんですが、一度、下っ引きとして使ったことがあるんです。そこそこ役には立ったんですが、とにかくしゃべるのなんのって、あんまりうるさいんで閉口して、近ごろは声をかけずにいるんですよ。そういえば、麻布に住んでいるんでしたっけ」

「そういうやつは、町のネタもいろいろ摑《つか》んでるんじゃないのかい？」

「まあね」

「だったら、なにかいい話が聞けるかもしれないぞ」

「だといいんですが」

そう言っているうち、へらへらの万吉は揉《も》み手《で》しながら近づいて来て、

「親分。ずいぶんお見かぎりじゃないですか。また、使ってくださいよ」

と、手を合わせた。

「近ごろ、おめえに頼むような事件がねえんだよ。ま、そのうちな」

麻次は適当なことを言って逃げようとしたが、

「いま、スッポンぽんをのぞいていましたよね？　あそこでなにかありましたか？」

「なにもないよ。ただ、見ただけ」

「見ただけですか」

「裸になってスッポン鍋食うんだろ」

「そうなんですよ。裸といっても、ふんどしまでは取らせませんよ。湯屋じゃないんですから」

「でも、けっこう流行ってるそうじゃねえか」

「流行ってるんですよ、意外に。ま、安くてうまいですからね。だいたい麻布はけっこう池が多いし、大名屋敷《やしき》のなかにも池があって、そこの中間《ちゆうげん》あたりが小遣い稼ぎみたいにすっぽんを持って来るんですよ」

確かに、へらへらと口が回る男である。

「なるほどな」

「そこの店主ってのは、以前、火消しをしてた炎次《えんじ》って男でしてね」

「火消しの炎次？　聞いたことあるな」

と、麻次が言った。

「ほら。火消しの棟梁《とうりよう》が殺された件で捕まって、あやうく死罪になるとこだったけど、ぎりぎりで助かったってやつだよ」

わきから魚之進が言った。

「そうです、そうです。親分、こちらは八丁堀の旦那？」

万吉は手だけで盆踊りを踊るようなしぐさをしながら訊《き》いた。

「そうだよ。月浦さまとおっしゃって、腕利きで評判の旦那だ」

「それはそれは。ぜひ、お見知りおきを」

万吉は頭を何度もぺこぺこさせた。

「殺されたのはここらの棟梁だったっけ？」

麻次が訊いた。

「ええ。ここらは、〈し組〉の担当でしてね。棟梁は宮大工をしていた棟右衛門《とうえもん》さんとおっしゃって、羽振りのいい人でした。それが、三、四ヵ月ほど前の晩、家にいるときに訪ねて来た誰かに刺され、もう一人の若い衆ともども、亡くなったんでさあ」

「炎次も訪ねて来てたんだろ？」

「そうなんですが、炎次が言うには自分が来たときは、すでに二人とも殺されていたんだと。それで、隠れていた下手人に頭を殴られ、気絶したんだと」

「なるほど」

「でも、炎次を殴ったらしい薪は、殺された若い衆が握ってましてね」

「相打ちみたいになったと思われたのか」

「そうなんです。しかも、炎次の懐には、ここで奪ったらしき五十両の金が入っていたんですよ」

「五十両……」

「もし、ほかに下手人がいたら、それを置いていくわけがないですよね」

「まあな」

「それで、炎次は下手人としてお縄になったのです」

「そうだったな。だが、新たに証人が出たんだよな」

「そうです。ちょうど、その晩に棟梁の家から誰かが逃げて行くのを見たんですが、その男は商用で翌朝、小田原《おだわら》に行ってしまいましてね。それで十日ほどして戻ったら、棟梁が殺され、倒れていた炎次が捕まっていると聞き、それは変だ、おれは逃げて行く者を見たと申し出たので、炎次の疑いは晴れたんですよ」

「そうだったか」

「まあ、もともと炎次ってのは纏持《まといも》ちをしてたくらいで、威勢がいいし、町方にも言いたいことを言ったりするので、嫌われていたんでしょう」

と、万吉は魚之進を探るような目で見た。

「いや、奉行所はそんなつまらぬことで調べを左右したりはしないぞ」

魚之進はきっぱりと言った。

「そうです、そうです。すみません、つまらねえことを言っちまいまして。じゃあ、あっしは忙しいんで。親分、ほんとにまた、使ってくださいよ」

万吉は同じことを麻次に頼んで、カエルが泳ぐようにしていなくなった。

魚之進は万吉を見送り、さらに後ろのスッポンぽんの店を見て、

「そうか。あの男がやっているのか……」

と、言った。

「担当した旦那は誰だったんです？」

麻次が訊いた。

　「赤塚《あかつか》さんだよ」

　定町回りの赤塚専十郎《せんじゅうろう》で、魚之進を直接、指導してくれた先輩同心でもある。

「赤塚さんでしたか」

「でも、赤塚さんも炎次を下手人とするには迷っていたんだよ」

「そうですか」

「どうも違う気がするってな。ところが、万吉も言っていたように、薪の傷もぴったり合ったし、懐にあった五十両の件も解《げ》せないし、ほかに目撃者が出て来ないというので仕方なく炎次をしょっぴいたんだ。だから、新たな目撃者が現《あら》われたときは、けっこうホッとしてたんだよ」

「そうでしたか」

　同心たちも、やはり冤罪はつくりたくないのだ。だから、取り調べのときも、無理やり拷問で白状させるようなことは避けて、できるだけ理詰めで追い詰めるよう心がけているのである。

四

「腹が減って来たな。そろそろ昼飯どきだ」

魚之進はあたりを見回して言った。

「麻布ですからね。やっぱり更科《さらしな》そばになっちゃいますか」

「それも芸がないよな」

「確かに」

「なんでも一之橋の近くに、〈とんがりうどん〉という店があるらしいんだ」

「とんがりうどん？」

「ああ。〈雷うどん〉が人気があるだろう」

熱した胡麻油に、手で潰した木綿豆腐を入れると、バチバチと火花が散るようになる。これは、〈雷豆腐〉といって一品料理にもなるのだが、さらにこれに野菜を加え、けんちん汁みたいにしてうどんを入れたのが雷うどんである。

「はい。あっしは好きですよ」

「それに対抗して、つくったらしいんだが、雷うどんと似たようなものだけど、それに唐辛子をしこたま入れるんだと」

「滅茶苦茶《めちゃくちゃ》辛いんですね」

「凄いらしい。でも、一度食べるとやみつきになるらしいぞ」

「へえ」

「そういうのは、食ってみたほうがいいだろう」

「付き合いますよ。あっしは近ごろ、辛いのに慣れてきてますから」

店を探すと、一之橋の近くで、ちょっと裏道に入ったところにあった。赤い提灯《ちょうちん》に、赤い唐辛子のハリボテもぶらさげてあるので、よく目立っている。

のれんを分けると、なかは縁台が八つほどあるが、ぜんぶふさがっていた。空くのを待って座った。注文などしない。品書きもない。これしかないから、座れば、とんがりうどんを注文したことになる。

持って来た、ちょっと蓮《はす》っ葉《ぱ》らしい若い娘が、

「残したら、お代は倍になりますから」

と、言った。

「ほんとか?」

麻次が訊いても、ニヤッとしただけで答えずに行ってしまったから、冗談なのだ

ろう。

運ばれて来た丼を見ると、真っ赤である。丼のなかに地獄を見るようでもある。

「凄いですね」

麻次が臆したような顔をした。

「どれどれ」

まず、魚之進が食べてみると、

「うわっ」

驚くほど辛い。

だが、辛さの底に、しっかり出汁《だし》の利いたうまみがある。具も豆腐はもちろんだが、野菜やかまぼこなど盛沢山で食べ応えがある。

麻次も、二口三口食べるうちに、

「なるほど。これはうまいですね」

と、夢中ですすっている。

「ふう。うまかった」

と、二人がほぼ同時に箸を置いたときは、汗びっしょりになっていた。

身体は火照《ほて》るし、しばらく汗は止まりそうもない。

「これじゃあ、汗臭いって言われるよな」

魚之進は心配して言った。

「そうですね」

「汗臭いのって、若い娘には嫌われるらしいぜ」

ただでさえもてないのである。努力で無くすことができる欠点は、とにかく一つずつぜんぶ取り払いたい。

「そこらの湯屋で軽く汗を流しますか？」

麻次の提案に、

「そうしよう」

と、すぐに乗った。

近くに〈一之湯《いちのゆ》〉という湯屋があり、のれんをわけた。

熱い湯舟で、唐辛子の臭いがするような汗を出しきり、洗い場で涼んでいると、

「炎次は、最初、湯屋をやろうとしたらしいぜ」

という客の声が耳に入った。

身体のあちこちに彫物《ほりもの》を入れた男二人が話している。

思わず耳をそばだてると……、

「湯屋を？」

「だが、ここと向こうにも湯屋があるだろう。それで、湯屋の株仲間が許さなかったらしいぜ。ここのおやじに聞いたんだけど」

「だが、火消しが湯屋ってのも変わってるよな」

「あいつ、殴られたじゃねえか。それで、しょっちゅうめまいがするんで、しばらく屋根の上にはのれそうもないらしいんだそうだ」

「そりゃあ、可哀そうにな。でも、スッポンてえのは、誰でもつくれるのかい？」

「いや、スッポンをうまくつくるには、いろいろ秘伝もあるらしい。あいつは、生まれは印旛《いんば》沼《ぬま》の近くで、スッポンの調理法は知っていたらしいよ」

二人はそこまで話すと、上がり湯をもらい、洗い場から脱衣場のほうに出て行った。

「聞いたかい、いまの話？」

魚之進は麻次に訊いた。

「聞きました」

「なんでまた、湯屋なんだろうな？」

「そうですよね」

「しかも、スッポン屋は裸で食うんだぞ」

「結局、男の裸が見たいだけなんですかね？」

「男の裸？」

「そういうの好きな男っていますぜ」

「裸そのものかな？」

「ほかになにかあります？」

「彫物を見たいとか？」

「それもありますね」

「あるいは火傷《やけど》の跡」

「火消しがらみですかね」

「皮膚病ってのもあるぜ」

「きりないですね」

「まったくだ」

　魚之進は腕組みし、ため息をついた。

五

「やっぱり食ってみるしかないか」

魚之進は諦めたように言った。

あれは食いたくないなと思ったものは、なぜか食う羽目に陥るのだ。味見方というのは、つまりはそういう仕事なのだろう。

「夜までどうします？」

まだ昼の七つ（午後四時）前だろう。

「川原で昼寝でもしようか」

朝のうちは雲っていたが、どんどん陽が照ってきている。四月（旧暦）の、心地よい陽射《ひざ》しである。まず、寒いということはない。

「いいですね」

麻次も賛成した。

新堀川《しんぼりがわ》の川原に出て、草の柔らかそうなところに寝転んだ。

川原の昼寝というのは心地よいのである。なんといってもせせらぎが聞こえる。

せせらぎというのは、人の心を癒《いや》すのに絶大な効果がある気がする。魚之進も心が折れそうになったとき、よく川の傍でたたずんだ。釣り糸を垂らしていたが、あれは魚を釣るためではなく、せせらぎを聞いていた気がする。

——蕪村の句にせせらぎが出てくるのはあっただろうか。

すぐには思い浮かばない。だが、

夏河を越すうれしさよ手に草履《ぞうり》

という句が浮かんだ。せせらぎという言葉はないが、明らかにその背後にせせらぎが聞こえている。

せせらぎに流すつもりの夏の恋

ふっと浮かんだ。同時にお静の顔が浮かんだ。

やがて眠りに落ち、麻次に起こされると、驚いたことに半刻《はんとき》（一時間）以上、寝ていたらしかった。疲れもすっかり取れていた。

店に向かうと、暮れ六つにはまだ半刻以上あるが、すでに客が入り始めていた。のれんをくぐると、土間はほとんどなく、すぐに履物を脱いで、板の間に上がる。藁《わら》で編んだ丸い敷物《しきもの》に座るが、敷物の数はざっと四十枚ほどありそうである。客は席を決めると、そこで着物を脱がなければならない。脱がないでいると、いい体格をした若い衆が来て、

「お客さん。脱がないなら、出てってもらいましょうか」

と、脅すのだ。

魚之進と麻次は、そのつもりで来ているのだから、素直に着ているものを脱いだ。刀や脱いだものは籠《かご》に入れ、わきに置いて構わないので、盗まれる心配はない。

スッポンを一匹分と、熱燗《あつかん》を二合頼んだ。

隣に座った二人づれの客が、

「なんでわざわざ裸にならなきゃ駄目なんだ？」

「話題づくりだろうよ」

「そりゃあ、話題にはなるわな」

「しかも、店名がスッポンぽんときてる。面白そうだと、物見高い客が集まってく

るさ。出足がよければ、商売は成功間違いなしだ」

「炎次っての頭いいんだなあ」

二人はしきりに感心していた。

だが、魚之進は流行らせるのが目的ではないと思っている。

奥が調理場になっていて、スッポンを捌《さば》いているのが炎次らしい。眉が濃く、吊り目気味だがすっきりして、なかなかいい男である。わきに、子分みたいな若い男がいて、土鍋に盛り付け、その土鍋を七輪に載せる。

それを注文を取りに来た若い衆が、客席に運んでくる。また、若い衆は、酒に燗をつける仕事も受け持っている。

その向こうには、スッポンを入れている池らしきものがある。池は三つあり、炎次はいちばん左の池からだけ、スッポンを上げている。慣れているのか、いちいち網などは使わず、さっと手を入れ、甲羅を摑んでいた。

そんなようすを眺めながら、

「スッポンてえのは捌くのは難しいんでしょうね」

と、麻次が訊いた。

「難しいというより、いろいろあるらしいぜ」

一度、本田伝八にスッポンはやらないのかと訊いたことがある。すると、「おれは昔、カメを飼ってたことがあるから、ちょっと可哀そうでやれない」と言っていた。確かに、ほかの魚とかニワトリと比べても、頭のかたさとか甲羅とかが気持ち悪いし、なんだか残酷なことをしている感じがある。

「いろいろとおっしゃいますと？」

「ほら、引っ込めようとする首を無理やり切ったり、生血《いきち》を出したりするだろ」

「ああ、しますね」

「スッポンは首だけになってもまだ食いつくからな」

「へえ」

「それで、甲羅を切って、こう開けると、丸いなかに内臓が詰まっているようすが、美しいというより、胸のあたりがもやもやしてきて、外に出て広いところを駆け出したいなあという気分になるわけさ」

「なるほど」

「手足なんかも、ぶった切る感じだから」

「甲羅は食わないですよね？」

「甲羅は食わないけど、煮るといい出汁が出るんだよ。だから、ぶつ切りにして、鍋には入れるんだよ」

「旦那、もしかして、捌いたことあるんですか？」

麻次は疑わしげに訊いた。

「おいらはないよ。でも、持ち込んだ店で捌くところを見せてもらったんだよ」

「なるほど」

「丁寧に捌かないと駄目なんだよなあ」

「でしょうね」

「間違って苦玉《にがだま》なんか切っちまった日には、とても食えないし」

「そんなに苦いんですね」

「けっこう釣り針を飲んだのが入っていたりするし」

「ははあ」

「それで大事なのは、ネギと生姜《しょうが》だね。これで臭みを取らないと、臭くて駄目だ。生きたスッポンを二、三日、真水で生かしておいて泥を吐かせないと駄目だし、料理は手早くやらないと駄目だ。駄目駄目づくし。そのかわり、うまくつくると、出汁のうまいことといったら、スッポンに勝てるのはそうないよ」

「そりゃあ、楽しみです」

と話しているうち、七輪に載った土鍋がやってきた。

いっしょに生血に酒を混ぜたものも持ってきたが、

「おいらはいいよ」

と、魚之進は言った。

「なんでです？」

「前に飲んだことはあるけど、ちっと生臭いのが駄目だったんだ。でも、精がつくらしいぜ」

「じゃあ、あっしが旦那の分もいただきます」

と、ごくごく飲んでみせた。どこかがスッポンみたいなかたちになりそうである。

「まずいだろ？」

「いや。前にヘビの生血も飲みましたが、そっちのほうがまずかったですよ」

「いろんなものを飲むやつだなあ」

と、魚之進は呆れた。

そのうち、土鍋がぐつぐつ言い出した。

「さあ、食おう」

「どれどれ」

麻次はおっかなびっくり口に入れて、

「ははあ、けっこう歯ごたえはあるんですね」

「だろ。でも、スッポンのうまさは、肉よりも出汁なんだよ」

「じゃあ、ちょっといただきます」

と、椀《わん》に入れた汁を飲み、

「なるほど。こりゃあうまい」

「だろ。あとでおじやにするから、あんまり飲んじまっちゃ駄目だぞ」

「わかりました」

なかの肉や野菜、豆腐などもあらかた食べ終えて、おじやを注文してから、

「さっきから、調理場の炎次を見てたんだけどさ」

と、魚之進は言った。

「ええ」

「客が来ると、着物を脱ぐところをじいっと見てるんだよ」

「そうでしたか」

「あれは、たぶん、下手人を自分で見つけようとしてるんじゃないかな」

「自分で？」

「よほど町方を信用していないのだろうな」

若い衆が持ってきた飯を鍋に入れた。玉子も一つ置いてある。

飯が柔らかくなったころ、玉子を入れてかきまぜるのだ。これをふうふう言いながら食べ始めると、魚之進は正直、炎次の思惑などどうでもよくなった。

六

ところが——。

ふと、調理場にいた炎次の顔が変わった。その激変ぶりは、おじやのうまさも忘れてしまうほどだった。

「なんだ？」

炎次の視線が一点に張りついている。

「どこだ？」

魚之進はさりげなく周囲を見回した。

客のなかに藍染《あいぞ》めのふんどしをつけている男がいた。入って来たばかりの二人連れの客の片割れである。

洒落者《しゃれ》のなかには、絞り染めのふんどしをしている者もいるし、赤いふんどしや、錦のふんどしも見たことがある。だが、この男はきれいな藍染めの六尺ふんどしだった。

炎次は間違いなくその男を見ていた。

二人ともお店者《たなもの》ふうである。楽しそうに酒を飲み、うまそうにスッポンを食べている。

すでに客は帰り始めていて、二人もそれほど長居をするつもりはないらしい。やがて、勘定を頼み、立ち上がった。

すると、調理場にいた炎次も、手伝いの者になにか言い、裏から外に出て行った。

「跡を追う気だな」

魚之進も慌てて勘定を済まし、麻次とともに外に出た。

案の定だった。

二人連れの後を、炎次がさりげなく追いかけていた。

二人連れは一之橋は渡らず、馬場のほうに向かい、左に曲がった。ここらは麻布十番と呼ばれる一画である。

四つ角のところにある〈西国屋《さいごくや》〉という大きな仏具屋の、すでに閉まっている横の戸を叩《たた》くと、二人ともなかに入って行った。ここの、住み込みの手代らしい。

炎次は足を止め、じいっと西国屋を見ている。

「炎次のやつ、なにかやる気かな」

魚之進は緊張し、なにかしたときにすぐ止められるくらい近づいた。

そのとき、後ろから来た麻次が、

「あれ？」

と、声を上げた。

「どうした？」

「向こうの角を見てください」

男が一人、じいっと二階を眺めていた。炎次のほうは見ていない。いま、入った男たちがこの店のどこに入るのかを確かめているらしい。

「あいつがどうかしたのか？」

「あっしの知った男で、岡っ引きの鱒蔵《ますぞう》です。赤坂の田町《たまち》界隈を縄張りにしているはずですが、なんであいつを追いかけているんでしょう？」

「十手は誰から預かっているんだい？」

「確か定町回りの十和田九五郎《とわだきゅうごろう》さまからだったと」

「ふうん」

ふと、二階の裏手の障子が明るくなった。あそこが藍染めのふんどしの男が寝起きする部屋なのだろう。

炎次はそこで踵《きびす》を返《かえ》した。魚之進と麻次は慌ててそこを離れた。どうやら炎次は家を確かめただけで、ここはもどることにしたらしかった。

だが、岡っ引きの鱒蔵は、炎次には見向きもせず、西国屋の二階を眺めている。

「どうも、わからないな」

と、魚之進はつぶやいた。

七

翌日——。

魚之進は麻次に、

「へらへらの万吉に調べさせてみようか？」

と相談した。

「なにをです？」

「西国屋の藍染めのふんどしの男だよ」

「いいですが、あの野郎が調べると、どうでもいいことまでうんざりするほど訊き込んできますぜ」

「それでいいじゃないか。取捨選択はおいらたちがやればいい」

「わかりました。万吉も喜ぶでしょう」

麻次が万吉に一日のうち調べられるだけ調べるように言い、魚之進と麻次は、そのあいだに、炎次の人となりについて訊いて回った。

その次の日――。

万吉が疲れた顔をして、そのくせ闇夜の狐《きつね》のように気味悪く光る目をして奉行所にやって来た。

魚之進は外に連れ出し、好物だというマグロの刺身を食わせながら、麻次といっしょに話を聞いた。

「西国屋の藍染めのふんどしの男は、千吉《せんきち》と言いましてね、歳は二十三で、西国屋で働き出してから八年になります。仕事はそこそこできますが、あまり身を入れて働くほうではないようです。でも、調子がよく、洒落者で、器量もいいですから、女にはもてますね。ただ、当人はちっと変わった好みがありまして」

「あっちか？」

麻次が訊いた。

「いや、芳町《よしちょう》だの湯島大根畑だの、あっちじゃありません。年上の女が好きみたいでして。それも二つとか三つなんてもんじゃねえ。だいたい少なくとも二十から三十くらいは上じゃねえと駄目みたいです」

「ほう」

「いまは、飯倉《いいくら》片町にある〈九州屋〉という染物屋の女将《おかみ》さんに夢中でして。この女将さんは、歳は四十六。器量は、そうですねえ、犬の顔の毛を剃《そ》って、白粉《おしろい》を三重に塗りたくったようなご面相です」

「そりゃあ、いい女だろうな」

と、麻次は歯を見せながら言った。

「それで、野郎の藍染めのふんどしも女将が締めさせているわけです。浮気をしちゃあいけないよってなわけで。ところが、あの野郎、けっこうな浮気者でして、しかも武家の奥方に手を出したんです。というか、奥方のほうから誘惑したみたいなんですが、これがなんと、御年六十八。しかも、歳より老けて見えますから、あっしは八十くらいじゃないかと思ったほどで。よく杖《つえ》つかずに歩いていると感心したんですが、まあ、じっさいは六十八だったんですが」

「そりゃあ、男女の仲じゃないだろう？」

麻次は訊いた。

魚之進のほうは、想像を絶するおぞましい世界なので、黙って聞くばかりである。

「いやいや。それがめっちゃお盛んみたいで、この前は増上寺の近くの出会い茶屋に収まったんですが、婆《ばあ》さんのよがり声が一刻ほど響き渡って、窓の下に人だかりができたほどでして」

「そんなことしてると、お手打ちに遭うんじゃねえのか？」

麻次が訊いた。

「そこは野郎も心配しているみたいですが、ただ、奥方の亭主は亡くなってますし、倅《せがれ》のお旗本も、こっちは芳町通い専門で、ちゃんと証拠も握っているので、いざというときはどうにか話はつけられるみたいです」

「なるほど」

「千吉にはもう一つ、夢中になっているものがありまして、これが火事なんです。もう半鐘の音を聞きつけようものなら、なにもかもうっちゃって駆けつけ、火消しよりも近くに行って眺めているくらいでして」

「ほう」

「だから、ほんとならお店者なんかさっさと辞めて、火消しになりたいみたいなんです。それで、め組の棟梁のところに行き、火消しにしてくれと頼んだそうなんです。でも、め組の棟梁は千吉の話を聞くうち、おめえは火消しになっちゃあ駄目だと」

「どうして？」

「あの野郎は、火消しが好きというより、火事が大好きらしいんです。それで、棟梁もおめえみてえのは、いい火消しになるより、火事好きが高じて、自分で火をつけて歩いたりしがちなんだと」

「なるほど」

「それでめ組には断わられたから、今度はし組に行ったんじゃないですかね。でも、行ったたって無駄なんです。すでにめ組の親方から通達が回ってましてね。千吉てえのは火消しにしちゃ駄目だと。しかも、まずいことにし組の棟梁ってのが、九州屋の女将の実の兄だったんです」

「そうなのか？」

「もしかして、し組の棟梁を殺したのって、千吉なんじゃないですか。火消しは断わられるわ、妹のことでも叱られるわで、ついカッとなって。あっしの勘がそう言っているんですが」

そこで麻次がとめどない万吉の話を止め、

「おめえの勘はいいんだ。いや、いろいろ聞き込んでくれて助かったよ。また、なにか頼むこともあるだろう。これはこづかいにでもしてくれ」

と、一朱（八千円）を握らせ、魚之進といっしょに席を立った。

それから魚之進は、麻次といっしょに、八丁堀の赤塚専十郎の役宅に向かった。

赤塚は、今日は非番で家にいるはずである。

伊勢桑名《いせくわな》藩邸の裏側にある赤塚の役宅をのぞくと、赤塚は庭を掘り起こしているところだった。「新しい池をつくろうと思っている」と言っていたので、非番になり喜々として掘り出したらしい。それにしても深い池である。赤塚はほとんど首から上しか見えておらず、どうやって出るのか心配になるくらいだった。

「赤塚さん」

魚之進は、生垣の外から声をかけた。

「おお、魚之進か」

「お休み中、申し訳ありませんが、ちょっと相談ごとができてしまいまして」

「わかった。いま、行くよ」

とは言ったが、やはり出られなくなっているのに気がついて、

「すまんが手を貸してくれ」

結局、魚之進と麻次で引っ張り上げた。

話は赤塚宅の縁側ですることになった。

「炎次がスッポン鍋屋で、下手人らしき男を見つけたんだと？」

赤塚はすぐに魚之進の話に耳を傾け、

「なるほど。その千吉ってのが、カッとなって、し組の棟梁を刺したってのはあり得るな」

と、うなずいた。

「はい。でも、炎次ってのは、以前、火事の現場の判断について、奉行所を非難したことがあったんだそうですね」

それは、万吉が千吉のことを聞き回っているあいだに、魚之進と麻次が聞き込ん

だことだった。

「そうなのさ。それで、あいつを嫌うやつもけっこういるんだよ」

「でも、赤塚さんはそんなことで調べの判断を左右したりはしませんよね」

「当たり前だ」

赤塚はムッとして言った。

「し組の棟梁が殺されたとき、最初に駆けつけたのは赤塚さんですか?」

魚之進は訊いた。

「おれじゃねえ。十和田九五郎だよ。たまたま近くにいたみたいでな」

「十和田さんだったんですか」

火消しというのは、町奉行所が管轄していて、その担当の一人が十和田だった。

「どうかしたのか?」

「ええ」

赤塚に隠す必要はないだろう。

「じつは、炎次が現場の判断のことで文句を言った相手というのは、十和田さんだったみたいです」

「ああ、そうだな」

「それで、おいらはあの現場には細工がなされたんじゃないかと思うんですよ」

「細工？」

「ええ」

と、魚之進は疑念を語った。

「なるほどな」

赤塚は眉間に皺《しわ》を寄せた。

「どうしましょう？」

「そりゃあ炎次に訊いてみるしかねえだろうが、だが、おれがいまさらあいつになにか訊いても、まともに答えるとは思えねえ。魚之進。お前が訊いてみてくれないか？」

「わかりました」

八

炎次のところを訪ねるのに、魚之進は赤塚の家からスッポンを一匹もらい、これを盥《たらい》に入れ、麻次と二人がかりでぶら下げて持って行った。じつは、赤塚はカメが好きで、いろんなカメを飼っているのだが、育ち過ぎたスッポンがいて、そいつのために新しい池を掘っていたのだった。

「せっかく掘った池が無駄になるだろう」

と、赤塚は文句を言ったが、

「赤塚さんの気持ちだと伝えますから」

と言うと、仕方なく了承したのである。

見たこともないほど巨大なスッポンで、こいつの母ガメは、海ガメとできてしまったのではないか。これを食おうと思ったら、土鍋では駄目で、池ごと煮るしかないのではないかと思えるくらいである。月と張り合うくらいのスッポン。

炎次もこのスッポンを見ると、思わず相好《そうごう》を崩し、

「今度、相撲取りが来たら食わせましょう」

と、言った。

「それで、し組の棟梁殺しの件では、こっちも調べを進めていてな。もう、詰めのところまで来てるんだよ」

「そうなんですか」

「このスッポンぽんも、あんたが自分で下手人を見つけるためだったんだろう?」

「ええ、まあ」

「藍染めのふんどしの男を探したかったんだな？」

「よくご存じで」

「藍染めのふんどしは見たのかい？」

「違います。棟梁といっしょに殺されたもう一人の男が、あっしが行ったとき、虫の息の下で言ったんです。藍染めのふんどしの男にやられたって。でも、あっしはそのあと、誰かに頭を殴られ、気を失ってしまいましたから」

「なんで、そのことを調べのときに言わなかったんだ？」

「最初は思い出せなかったんですよ。それで、小伝馬町《こでんまちょう》の牢《ろう》にいるあいだに、徐々に思い出しましてね。それから、別の目撃者が出て、あっしは放免てことになったのですが、いまさらそれを赤塚さまに話す気にはなれなくてね」

「なるほど。じつは、そのスッポンは赤塚さまからなんだぜ」

「そうなので？」

　炎次は目を丸くした。

「お詫びのしるしだってさ」

「へえ」

「それで、たぶんあの現場はおめえが殴られたあと、いじくられたんだ。おめえを下手人に仕立てようとしてな」

「なんてこった」

「だから、頭の傷もおかしいんだ」

「え？」

「あんたの傷は右のほうにあるよな」

「ええ」

「薪を持ってた男は左利きじゃねえ。だったら、ふつうはあんたの左側を殴るはずだ」

「確かに」

「だから、あんたが後ろから殴られたというのは間違いないと思ったよ」

「なるほど」

「金も懐に入れてなんかいないだろ？」

「ええ。だいたい、あっしは金があったことも知らなかったくらいでさあ」

「やっぱりな」

「やっぱり？」

「ここはおいらにまかしてくれないか」

「…………」

「それに、下手人を捕まえようとすると、逆上した悪党はなにするかわからない。怪我《けが》をしかねないぞ」

「わかりました。でも」

と、炎次は言葉を切った。

「でも、どうしたんだ？」

「町方にも旦那のような話のわかる人がいるんだと感心したんですよ」

「なにを言うんだよ」

魚之進は照れた。


魚之進は、赤塚の役宅にもどった。

ちょうど掘った池を埋め戻したところだった。

「どうだった？」

赤塚は訊いた。

「ええ。思ったとおりでした」

「ということは？」

「十和田さんが現場をいじってますよ」

「ふうむ」

「それで、たぶん十和田さんが駆けつけたときも、若い衆はまだ生きていて、藍染めのふんどしのことを告げていたのでしょう」

「そうか」

「どうやって千吉に辿《たど》りついたかはわかりませんが」

「それは簡単だ。同心なら、庭をのぞいたりしても、なにも怪しまれねえ。いま、変なのを見かけたんでなと言うだけで、『ご苦労さまでした』ってなもんだ。そうやって、庭の洗濯物を見て回り、西国屋に辿りついたんだろう」

「なるほど」

「ちょっと待て。十和田と話をつけて来る。あいつも非番だったんじゃないか？」

「おそらくそうです」

そもそも火消しの担当は非番が多いのだ。そのかわり、火事ともなれば、夜中だろうが急いで駆けつけなければならない。

「十和田の役宅はここからすぐだ。ちっと話をつけてくるので待っていてくれ」

そう言って出て行き、四半刻ほどして戻って来ると、

「十和田も正直に話したよ」

と、赤塚は言った。

「そうですか」

「むろん炎次を死罪にまでする気はなかったそうだ」

「そうなので」

「適当に灸《きゆう》を据えたうえで、ほんとの下手人をとっ捕まえ、あいつは助けるつもりだったらしいぜ。それは、おれも嘘じゃねえと思う」

「なるほど」

「あんまりおおごとにするのはやめたよ」

「はい」

つまり、上司には黙っていてやるつもりなのだ。

「金のことも推測どおりでしたか？」

「ああ。棟梁がやった寺の仕事の代金が入り、その使い道について相談していたんじゃないかということだった。もともと千吉は、金が目当てで棟梁を殺したわけじゃねえ。金はそのまま置いていたのを、十和田がとりあえず炎次に嫌疑がかかるよ

う、懐に入れたんだとさ」

「それはやり過ぎでしたね」

「十和田もそう言ってたよ」

「では？」

「千吉が下手人であることは間違いねえ。捕縛に向かおう。着替えて来るから、魚之進、お前も手伝え」

「わかりました」

すでに日が落ちかけている。

九

麻布十番の西国屋にやって来た。

赤塚専十郎に魚之進と麻次、それに奉行所から連れて来た中間が十人以上いる。取り逃がす心配はまずないだろう。

のれんは下ろしていたが、まだ板戸は一枚だけ開いていて、そこから入った。

主人が帳場にいて、赤塚が千吉を呼ぶように命じた。

「千吉を呼んでくれ」

主人は番頭に言い、

「おい、千吉」

番頭が奥に声をかけた。

「へい」

「お客さんだ」

千吉は裏から店に出て来た途端、パッと身を翻した。

「しまった」

赤塚が土間から駆け上がった。

千吉は二階に逃げた。

住み込みの手代たちが寝起きする部屋に駆け込み、なかから心張棒《しんばりぼう》をした。

これがけっこう頑丈な戸である。

「蹴破るぜ」

赤塚が蹴破った。

だが、いない。窓が開いていた。

そこから屋根伝いに逃げたらしい。

「あそこです」

魚之進が二軒ほど向こうを指差した。

千吉は火消しになりたかったくらいだから身が軽いのだろう。ひょいひょいと屋根から屋根を渡って行く。

「追うぞ」

とは言っても、赤塚も魚之進たちも、外に出て、地上の道を奔《はし》るしかない。

「あっちだ、あっち」

誰かが叫ぶ方向へと駆けるが、なにせ屋根のうえだから、すぐに姿が見えなくなる。

「くそっ」

大声を上げながら追いかけていくので、近くの番屋からも人が飛び出して来て、地上の追っ手の数はどんどん増えてきたが、それでもどうしようもない。

しかも、千吉は逃げるときに持って出たらしく、紙屑《かみくず》に火打石で火をつけた紙を、そこらにばらまくのだ。これには油も沁《し》み込ませていたのか、勢いよく燃える。

「消せ、消せ」

これで火事でも出したら大変である。

その手間もあって、千吉はどんどん遠ざかっていく。

軽快な屋根の夜走りは、星でも盗んで歩いているようである。

そのとき、千吉がいる屋根の一軒向こうの屋根に、男の影が現われた。千吉の足取りが止まった。

「炎次だ」

魚之進はニヤリとした。

千吉が動かないあいだに、魚之進たちはその下まで駆けつけた。

やはり、炎次だった。昼間はまかせろと言っておいたが、こうなると頼りになる。

「炎次。死なせずに捕まえてくれ！」

魚之進が下から叫んだ。

「わかりました」

炎次がうなずいた。

ところが――。

千吉は意外に手強《てごわ》いのである。

かなり喧嘩《けんか》慣れしていて、組もうとする炎次に拳を放ったり、蹴りを入れたりして近づかせないのだ。

「し組の纏持ちがなんだってんだ。だいたい、おれは下手な纏持ちだと思ってたぜ」

千吉は挑発するようなことを言う。

「なんだと」

摑もうとするが、千吉の拳が飛ぶ。

炎次の顎や腹に拳が当たる。

「うっ」

「ほれほれ」

拳がつづけざまに当たった。

炎次はふらつき、数歩後ろに下がった。均衡を崩し、屋根から落ちるのではないかと、魚之進はヒヤリとした。

「そうだ。武器をやろう」

魚之進はそう言って、

「炎次。正義の武器だ。遠慮なく使え！」

十手を屋根に放った。

炎次はうまく摑んだ。

「こいつはどうも」

次に千吉の蹴りが来たが、炎次はそれを十手で払った。がつんという音がした。

「ううっ」

千吉の顔が歪《ゆが》んだ。

そのとき、麻次が近所の家から梯子《はしご》を持って来て、二人がいる近くにかけた。

「よし」

魚之進が先に梯子を上った。無我夢中である。つづいて麻次も来る。

「千吉、神妙にしろ」

魚之進が、千吉の後ろから声をかけた。

「やかましい」

千吉は、炎次に向かって突進した。突き飛ばし、向こうへ逃げようというつもりだろう。その先に逃げられると、大名屋敷に逃げ込まれるかもしれない。そうなると、取り逃がすかもしれない。

だが、炎次も千吉に突進し、

「てめえ」

と、十手を振り下ろすと、それは千吉の首のところに当たり、がくりと崩れ落ちた。さらに炎次はうえからのしかかった。

「よし、麻次、縄をかけろ」

魚之進が言った。

「へい」

麻次がすばやく、朦朧《もうろう》としている千吉を後ろ手に縛り上げた。

「やったな、魚之進」

下から赤塚が叫んだ。

「え？」

魚之進は下を見ると激しいめまいがした。高いところは苦手である。いつ、自分は屋根の上になど上がったのか。

「うへえ」

魚之進は突如、恐怖に襲われ、思わずしゃがみ込んでしまったのだった。

第三話　幽霊そば

一

月浦魚之進は、瀬戸物でつくったお面のような固い表情で、一人、千代田の城にやって来た。

朝、役宅から奉行所に向かおうと玄関に立ったとき、連絡が来て、慌てて裃《かみしも》姿に着替えたのだった。

今日は、筒井和泉守もいない。麻次もいない。一人で城に入るのである。一人だから、城でなにをされてもわからない。いきなり無礼者扱いされて上さまに成敗され、骸《むくろ》になって出て来ないとも限らない。

しかも、指定された門は、城の北東にある平河《ひらかわ》門である。ここは不浄門と呼ばれて、遺体を出すための門ではなかったのか。

だが、じっさい来てみると、ここから入って行く武士もけっこういるみたいだった。

大手門と比べると、ずいぶんひっそりしている。樹木も多く、お濠のうえを蝶々《ちょうちょう》がいっぱい飛び交っていて、山奥とは言い過ぎだが、葛飾《かつしか》村あたりの鎮守の森に迷い込んだみたいな気もする。

門のところの詰所に顔を出し、

「町奉行所から参った月浦と申しますが、御膳奉行の社家権之丞さまを」

と、頼んだ。

関ケ原の合戦で敗れた戦国大名みたいな髭《ひげ》を生やした門番は、こいつはどれくらいの給金かと値踏みするような目で魚之進を見て、

「どちらの御膳奉行かな？」

と、訊いた。

「どちらの？」

「御膳奉行は、中奥にも大奥にも二の丸にもおられるが？」

「あ、中奥の」

と、魚之進は気圧《けお》されたように答えた。

「では、待たれい」

と言われてから、どれほど待っただろうか。腰を下ろすところもないので、さりげなく詰所の壁に寄りかかり、通って行く武士の顔を観察していた。なんだか似たような恰好《かっこう》で似たような顔つきをしているので、区別がつきにくい。奉行所の同心

たちのほうが、まだ思い思いの恰好をしている。

それに、生きて出て行く武士もけっこういて、ここから出るのは骸だけではないのだとわかった。また、大奥のお女中とおぼしき女が三人、晴れやかな表情で出て行くのには、さりげなくだが見とれてしまった。

——ん。

向こうから、この前会った御膳奉行の社家権之丞が、すでに毒を飲んでしまったような弱々しい足取りでやって来た。

「待たせたな」

「いえ」

「今日は中奥の台所を見てもらおう」

「はい」

社家の後からついて行くだけである。

城のなかはけっこう複雑で、角を二度ほど曲がると、もう、どのあたりにいるのかわからなくなって来た。けっこうきつい坂を上ったあと、お城にもこんな道があるのかと思うような細い道を辿り、門番がいる門もいくつか通って、

「台所だ」

と、告げられた。

「ここは中奥の？」

「そうじゃ」

「はあ」

たぶん、今日は裏から来たのだろうが、同じところとは思えない。だが、よくよく見ると、竈《かまど》が並んでいたり、大きな調理用の台があったりして、なるほどこの前来た台所だった。今日は鶴の死体はない。

「勝手に見てくれてよいぞ」

「は」

なにを見ればよいのかわからないが、いちおうそれらしく手を後ろに組み、台所のなかを歩き回った。竈は八つほどある。どれも火は落とされていた。

町の湯屋の湯舟ほどの水槽があり、なかを見ると、底のほうにウナギが五、六匹いて、上のほうでは鮎《あゆ》が十数匹泳いでいた。鮎が心地良さげで、こっちをずっと眺めていたいがそうもいかない。

棚には膨大な数の食器が並び、いちばん端のほうにはひときわきれいな漆器が置いてある。たぶん上さまがお使いになるものだろう。

人もうろうろしている。紙を前にして算術の問いでもやっているのかと遠くから窺《うかが》うと、どうも献立を考えているらしかった。また、始終、茶坊主が来ては、菓子のようなものをもらって食べたりもしていた。

とにかくかなりの広さで、土間と板敷《いたじき》のところと合わせるとどれくらいになるのか、畳の数では見当がつかない。町の剣術道場の三つ分ほどの広さはあるだろう。そこに二十人ほどの人たちが、出たり入ったりしていた。人だけでなく、猫も一匹いた。

一回りして社家のところに戻ると、

「どうだ?」

と訊かれた。これで、どうだと訊かれても返事のしようはないが、なにか言わないと馬鹿のように思われる気がして、

「隙《すき》は多いという気はします」

と答えた。じっさい、隙が多いどころか、隙だらけである。途中の門などは、警戒が厳しかったが、いったん城のなかに入ってしまうと、つまみ食いでも拾い食いでも盗み食いでも、なんだってやれそうである。毒だろうが、馬糞《ばふん》だろうが、なんだって盛れそうである。

「さようか。では、どうしたらよい？」

「せめて、三度の食事の支度をするとき以外は、ここを出入り禁止にして、見張りを置くべきではないでしょうか？」

「なるほど。だが、そうもいかぬのだ。ここには絶えずいろいろな食材が運ばれて来るし、そのつど打ち合わせも行われるので、四六時中使っているようなものだからな」

「はあ」

だが、どこかに区切りを入れないと、ほんとに誰がどこでなにをしているか、まったくわからなくなる。

社家は、魚之進の表情を見て、

「まあ、検討課題としよう」

と、言った。

「ぜひ」

「ほかに？」

「松武さまのお命を奪った毒は、その後、わかったのでしょうか？」

魚之進は、周囲を見回しながら訊いた。

もし、下手人がここにいたら、魚之進を警戒するように見ていたりするはずである。しかし、そんな者はいないどころか、魚之進のことなど誰も気にしていない。それくらいここは、見知らぬやつが出入りしているということなのだ。

「石見銀山だろうな」

社家はもっともらしい顔で言った。

「吐かれましたか?」

「松武がか?」

「はい。亡くなるときです」

「いや、わしが見た限りでは、吐いてはいなかったな」

「お顔の色は赤かったですか?」

「酒を飲んだわけでもあるまいし、赤いわけがなかろう。真っ青だったぞ」

「では、石見銀山ではないと思われます」

魚之進がそう言うと、

「なぜ、わかる?」

社家は目を瞠《みは》って訊いた。

「石見銀山を多量に口に入れたときは、嘔吐、腹痛、充血といった症状があらわれるはずなのです」

　それは、魚之進が夜な夜な書物を読み、調べ上げたことだった。

「そうなのか」

「いまとなっては、毒を特定するのは難しいでしょうが、石見銀山だけを警戒しても、最悪の事態は防ぎ得ないと思われます」

「なんと」

「松武さまも、そこらはご存じだったはずですが」

「そうなのか？」

「一度、奉行所にもいらっしゃって、毒のことを勉強なさっているようでした」

「そうなのか。あの男はなかなか勉強家だったからな」

　と、社家は感心した。

　そうではなく、あんたが不勉強過ぎるのだと、これは言いたくても言えない。

「そういえば」

　と、社家はなにか思い出したらしい。

「なにか？」

「松武が息を引き取る前に、言い残したことがある」

「それは？」

「化粧の匂いがしたと」

「化粧の匂いがした……」

そんな重要なことを、どうしてもっと早く言わないのか。

寺子屋の年少組を教えるためにやって来た新米の先生になったような気がして、魚之進は頭を抱えずにいられなかった。

二

「ほう。化粧の匂いとな」

筒井和泉守の目が光った。

城から戻ると、すぐに奉行のところへ報告に来たのだ。

「それは評定所の会議でも出なかったのですか？」

「うむ。出なかった。ご老中あたりは、ご存じないのかもしれぬな」

「御膳奉行の話では、上さまの小姓や茶坊主も聞いたそうです。それと、駆けつけた御典医のどなたかも」

「その話はどこかで止まっているのかもしれぬな」

「わたしなら、止まっているところに目をつけますが」

「魚之進。そこは慎重に探ってみてくれ」

筒井はもう一度、目を光らせて言った。

「わかりました」

「次はいつだ？」

「なか二日空けて、また来るようにと」

「うむ。三日に一度だからな」

「次は麻次を連れて行く許可もいただきました」

「そうか。忙しくなるが頼むぞ」

ねぎらいまで受けて、奉行の部屋を後にした。

まだ、昼前である。

こんなこともあるかと、奉行所に置いていた予備の着物に着替え、麻次とともに市中見回りに出ることにした。

外に出てすぐに、

「やっぱり町はいいなあ」

と、魚之進は言った。

天気がいいせいもあって、初夏の町はどこかのんびりしている。雑踏のあちこちで、楽しげな笑い声が上がる。道のわきでは犬が、だらしなく腹を見せて寝ていたりする。誰も気など使っていない。

「お城は肩が凝るでしょうね」

「麻次も三日後は行くんだからな」

「それを思うと、いまから気重《きおも》ですよ」

麻次はそう言って、首をぐるぐる回した。

尾張町の四つ角まで来て、どっちに行くか迷ったが、まっすぐ木挽町《こびきちょう》のほうへ歩いた。三原橋を渡って、左に折れた。

「まずはそばでも食うか」

こういうときは、気の張らないものを食べたい。となれば、江戸の人間はやっぱりそばだろう。寿司《すし》や天麩羅もあるが、あれは屋台で食べるもので、座って食うとなると急に重たくなり、値も張ってくる。

「あそこに更科《さらしな》が」

と、麻次が指差した。

木挽町二丁目の〈更科〉に入った。麻布の更科ののれん分けらしい。

品書きを見る。

――ん？

妙なのがある。

花見そば。

雪見そば。

幽霊そば。

「あれ、なんだろうな？」

魚之進は、指差して言った。

「なんですかね」

注文を取りに来た、若いとは言えないつぶし島田の娘に、

「あれらは、どういうそばだい？」

「頼むとわかります。どれもおいしいですよ」

ずいぶんそっけない解説である。

「じゃあ、おいらは幽霊そば」

変わったものを食うのは、味見方の仕事でもある。だが、そばに線香を立てたも

のなんか出て来たりしたらがっかりである。

「あっしは花見そば」

調理場は見えないので、なにをやっているのかわからない。ほかに客が二組ほどいるが、どれも食べているのはふつうのざるそばみたいである。

「お待ちどおさまです」

目の前に幽霊そばが置かれると、

「なるほどな」

魚之進は思わずうなずいた。まさに幽霊である。つまり、玉子で幽霊の顔と胴体をつくっている。白身の下方をすうっと伸ばし、黄身が顔になっている。そのわきには、さつま揚げを半分に、ギザギザに切ったものを手に見立て、玉子のわきに置いてある。「うらめしや」と出て来たところに似せているのだ。さらに丼の上のほうには、ワカメが柳の木に似せて置かれていた。

「あっしのも見た目どおりですよ」

麻次の花見そばは、海苔とワカメが丼の一面に敷いたようになっており、そこへ斜めではなく真《ま》っ直《す》ぐに切ったナルトがいっぱい置かれている。たしかに、緑のなかに花が咲き誇ったようである。

「どれどれ」

魚之進は、そばをすすり、右手のさつま揚げを食べた。

「うん。悪くないよ」

要は、玉子とさつま揚げとワカメをあしらっただけだから、そばがうまけりゃまずいわけがない。

いま流行りのおかめそばと似たようなものだろう。

「あっしのも、なかなかいけますよ」

食べ終えてから、魚之進は若くない娘に、

「これは、この店で考案したのかい？」

と、訊いた。

「いえ。ここじゃないみたいです」

調理場のほうを見て、小声で言った。

「でも、初めて見たぞ、こんなそばは」

「八丁堀の海賊《かいぞく》橋あたりのそば屋が始めた品書きなんですけど、銀座や木挽町のそば屋が真似し出したので、うちの旦那も真似したみたいです」

「そうなんだ」

若くない娘は、また、調理場のほうを見て、

「幽霊そばですが、ほんとの幽霊が毎晩、食べに来るんですよ」

と、言った。

「ほんとの幽霊が？」

魚之進も小声になる。

「もう、あたし、怖くて」

と、若くない娘は怯《おび》えた顔をした。

そのとき、調理場から、

「おたま。おめえ、また、余計な話をしてるんだろう」

と、店の亭主が出て来た。

「すみません」

「まったく、もう」

とは、言ったが、それほど怒っているふうでもない。それどころか、調理場のほうに戻る若くない娘の尻を、茹《ゆ》でたそばを揚げる手つきでサッと撫《な》でた。若くない娘も、悲鳴を上げたりしないので、二人の仲もおのずとわかる。

それは見なかったふりをして、

「ほんとか、いまの幽霊が食いに来るって話は？」

と、魚之進は亭主に訊いた。

「そうなんですよ。この六、七日のことなんですが、店じまいしようかというころに、女が入って来て、幽霊そばをって頼むんです」

「ほう」

「これが、生気のない、暗い顔した女でしてね。つくって持って行くと、黙って食べるんですが、それがほんの少しだけで、でもお代はちゃんと払って出て行くんですよ。ありゃあ、どう見ても幽霊ですよ。あっしも恐《こわ》くてね、そっちからそおっと見てるだけなんですがね」

店主がそう言うと、

「そうなんです。いつも旦那さんは、いつの間にか戻って来ていた若くない娘が、あたしに相手させるんですよ」

と、後ろから言った。

「だったら、訊けばいいだろうが？」

と、魚之進は亭主に言った。

「なんてです？」

「幽霊じゃないよなって」

「訊けませんよ、そんなこと。相手は若い女ですよ。失礼じゃないですか。それに、ほんとにうなずかれたらどうするんですか」

亭主は、幽霊を見て逃げ出す寸前みたいな顔で言った。

「幽霊そばなんて名前をつけたのがいけないんじゃないか」

魚之進はからかうように言った。

「やっぱりそうですかね」

「注文するやつなんかいるの？」

自分も注文したくせに、魚之進は訊いた。

「けっこういます」

「真似したんだって？」

「ええ、まあ。でも、あっしのところだけじゃありませんぜ。ほかにも真似してるので、あっしも尻馬に乗っただけですから」

「そういうのって、挨拶には行かないのか？」

「行かないと駄目ですかね」

「その考案した店の者が、仕返しでやっててんじゃないのか？」

「ああ、なるほど」

「でも、これが流行れば、その店は元祖ってことで有名になるだろうから、真似されても怒りはしないだろうけどな」

「そうですよね。でも、本物に来られると気持ち悪いので、もう、幽霊そばの品書きは引っ込めますよ」

「まあ、そう言わずに、もうちっとやってみなよ」

と、魚之進は言った。

怖さも半分あるが、やはり幽霊の正体は見てみたい。

三

外に出て、改めて店のつくりを見た。

こぢんまりしているが、柳の木があったり、古めかしかったりするわけではない。とくに幽霊が好む店には見えない。

「まあ、悪戯《いたずら》だろうけどさ」

と、魚之進は言った。

「そうですよ」

「でも、いちおう確かめないとな」

　ほかに幽霊そばを出しているのは、通三丁目《とおりさんちょうめ》の〈真津屋《まつや》〉と、銀座一丁目の〈三日月庵《みかづきあん》〉と、八丁堀海賊橋わきの〈卯右衛門《うえもん》そば〉の三店だというので、そこにも顔を出して、幽霊のような客が食べにくるか訊いてみた。

　すると、どこもそんな客は来ていないし、海賊橋の卯右衛門そばに至っては、

「どこですか、それは？」

　と、目くじらを立てた。

「木挽町二丁目の更科だよ」

「あそこは挨拶にも来ないんですよ」

「行こうかどうか、迷ってるみたいだぜ」

　いちおう魚之進はかばってやった。

「ふつうは来ますよ」

「まあな」

「あれはうちが考案したそばでしてね。真似なんかしてるから、幽霊が食いに来るんだと言ってやってください」

　と、文句まで言われてしまった。

「どうも、あそこが意地悪でやっているわけでもなさそうだな」

魚之進は言った。

「そうですね」

「後で、幽霊が来るころに、もう一度、更科に行ってみるか」

「そうですね」

「麻次もそれまでうちで休んでいればいいさ」

「よろしいんですか」

二人は、魚之進の役宅に向かった。海賊橋からはすぐのところである。

役宅にもどると、おのぶが遊びに来ていた。

お静とは、すっかり気が合ったらしく、あのあと、おのぶは三日おきくらいに訪ねて来ている。いまも、お静が着物を出して、おのぶからなにか言われていたらしい。魚之進からすると、おのぶはうなぎの柄の着物を着たりするから、妙な趣味嗜《し》好《こう》の女と思っていたが、お静から言わせると、

「色の選び方とか、ものすごく的確だし、お洒落《しゃれ》」

なんだそうだ。

　二人が慌てて片づけようとするので、

「いいんだ、いいんだ。ちっと、夜にまた出なくちゃならないので、ここで休息しようと思って来ただけだから」

　と、玄関わきの客間に入った。

「はいはい。枕を出しますか？」

　お静は訊いた。

「それほどじゃない。あとで麻次の分の晩飯もお願いします」

「わかりました」

　と、お静は気軽に引き受けてくれた。

「夜、また出かけるって、捕物ですか？」

　おのぶがこっちの部屋に来て、離れた両目を無理やり真ん中に寄せるみたいにしながら訊いた。

「捕物じゃないんだ」

「悪所？」

「おいおい」

「教えてくれてもいいじゃない。ねえ、お静さん」

おのぶがお静に言うと、

「でも、言えないこともあるのよ」

と、さすがにわきまえているので、おのぶが未練たらたらの顔をしている。

「おのぶさんは幽霊とか怖くないの？」

と、つい訊いてしまう。

「そりゃあ、あたしだって怖いですよ」

「だろう。その幽霊を見に行くんだよ」

「出るんですか？　どこに？」

「木挽町のそば屋なんだけどさ。そこで幽霊そばってのを出してるんだよ。そのそばを本物の幽霊が食いに来るのさ」

「うわぁ」

おのぶは身震いした。こんなときは、柔術と薙刀《なぎなた》の達人にはとても見えない。アマガエルのオタマジャクシみたいに、可愛らしく見えた。

おのぶはそれからまもなく帰って行ったので、

「そうだ。今日こそ、大粒屋の話を聞かないと」

と、魚之進はお茶と菓子を持って来たお静に言った。

「そんな。いいですよ。忙しいんですから」

「でも、おいらが動けなくても、麻次に手伝わせることもできるし」

「そうですよ」

と、麻次もうなずいた。

「おやじには話してあるんだろう?」

父の壮右衛門《そうえもん》は、自室で詰将棋でも解いているのだろう。客の相手は苦手で、自分の客でなければ早々に姿を消してしまう。

「ええ。こちらに来た翌日には」

「それでなにかしてくれたのかな?」

「実家のほうにも行き、話を聞いてもらいましたが、まったく要領を得なかったみたいです。ただ、警戒するため、いろいろやっていただいています」

「どんなことを?」

「玄関の柱の脇に十手を置いています」

「ああ、あれか」

曲者《くせもの》が来たとき、おのぶが十手を構えるだけでも、動きを止める効果はある。あとは大声で騒げばいいのだ。

「門から玄関までの周囲に砂を敷き詰めて、怪しい者が来たときはわかるようになさったみたいです」

「なるほど」

足跡がわかりやすくなるようにしたのだ。

「それから、この周囲のお宅にも事情を話し、気をつけてくれるよう頼んでくださいました」

「ああ、それはいい」

そもそも八丁堀は町方の人間だけだし、奉行所は非番もあるので、二軒に一軒はあるじが家にいるといっていい。

「あと、犬を飼ってくださるそうで、いま、ちょうどいい仔犬《こいぬ》を探してくださっています」

「うむ」

さすがに元同心のやることで、ほとんど完璧である。お静がここで襲われる心配は、まずないと言っていい。

「それで、ずっと脅されているんですよね？」

魚之進は、麻次もわかるような訊き方をした。

「はい。今年の正月くらいから、手代が二人と女中が一人、外で襲われて怪我をしています。たいした怪我ではなかったのですが、夜、店から家に戻るあいだにいきなり後ろから殴られたそうです」

「うん」

「同時に、店に脅しの文《ふみ》が届くようになりまして。文にはたいしたことは書かれていません。短くて、だいたい同じようなことが書かれています」

「見たいな」

「はい。一つだけですが、いちおう預かって来ています」

と、それを見せた。

こうして持って来たというのは、魚之進に見せたかったのだろう。だが、上さまの暗殺計画のことなども聞いて、遠慮していたのだ。

お前の店は世のなかのイボだ。

汚らわしいイボなのだ。

イボはうつる。

イボは切り取られなければならない。

覚悟することだ。


これが全文だった。

悪意や強い恨みを感じさせるほど、やけに大きな字である。下手ではないと思うが、なにか嫌らしい字なのだ。ふつうの墨ではなく、火付けで焼けた家の灰でも磨《す》った墨ではないのか。

「イボ？　なんでイボなんです？」

魚之進は訊いた。

「さあ」

お静は首を振った。

「思い当たるようなことは？」

「兄たちも皆、考えたのですが、思い当たることはなかったのです」

「ふうむ」

魚之進は首をかしげ、

「外からの目が欲しいですね」

と、言った。

「外からの目って？」

「わたしも義姉《ねえ》さんも、大粒屋を内側からしか見ていませんよね。でも、外側、つまり世間からすると、どんなふうに見えているのか、そこを知っておきたいんです」

「なんか、怖いですね」

と、お静は首を縮めた。

「あっしがやりますか？」

お静が出した饅頭《まんじゆう》をうまそうに食い終わった麻次が言った。

「でも、麻次にはいろいろ手伝ってもらわなければいけない。あいつを使うか？」

「万吉ですか？」

「うん。脅されてることも、うちの親戚だってことも言わずに、大粒屋のことを探ってくれと頼んでみるのさ。そうすれば、周囲からどう見られているか、わかってくるはずだ」

「わかりました。今晩、帰りに立ち寄りますので、明日の朝から動かしましょう。

そのかわり……」

「わかってるよ。余計な話もたっぷり聞き込んでくるんだろ」

と、魚之進は笑いながらうなずいた。

四

お静のつくってくれた、焼きサバと豆腐とネギの煮つけをおかずに晩飯を腹いっぱい食べ、少し休んでから役宅を出た。このまま湯屋に行って眠りにつきたいが、やはり幽霊そばが気になる。

木挽町更科が店を閉めるのは、夜五つ（八時半）くらいだから、まだ半刻ほどある。ゆっくり、町のようすを眺めつつ行っても間に合うくらいだろう。堀沿いに来て、弾正橋《だんじょう》から白魚橋《しらうお》を渡ったとき、角にある店からばらばらっと数人の男たちが飛び出して来た。

「ご勘弁を。そのお墨付きだけは撤回してくださいまし」

泣きつくような口調だった。

「駄目だな。おれは自分の舌をごまかすことはしたくないんだ」

そう言ったのは、北大路魯明庵《きたおおじろめいあん》だった。

「ですが、皆さん、うちのうなぎはうまいうまいと」

「だったら、それでいいじゃねえか。おれは、たいしたことはないと思った。それを正直に評価しただけだ」

「ですが、北大路さまがそういう評価をしたとなると、客もそういう目で見てしまいますので。どうか、これを」

どうやら、魯明庵が角の〈大坂屋《おおさかや》〉といううなぎ屋に入り、味が気に入らなかったらしい。ここは江戸でも屈指の人気のうなぎ屋で、魚之進は入ったことはないが、いつも大勢の客が並んでいるのは見ていた。

いま、魯明庵にすがりついているのは、店のあるじで、後ろに四人ほど立っているのが板前たちだろう。魯明庵は巨体で、あるじはひどく小柄なので、夜の薄明かりのもとだと、うなぎの腹からどじょうが出て来たみたいにも見えた。

「なんだ、これは？」

魯明庵がたもとからなにか取り出した。いま、あるじが入れたものらしい。

「いえ、それでご機嫌を直していただけたら」

「ふざけるな」

魯明庵はそれを地面にたたきつけた。

チャリーン。

という眩《まぶ》しさを感じさせる音がして、金色の楕円《だえん》が転がった。もちろん小判であり、五枚ほどに見えた。

「あ」

あるじは、人目を気にしてか、慌てて拾い集める。

「これほど頼んでも？」

「当たり前だ」

「だったら、あたしらにも」

と、あるじが大声を上げると、四人の板前がサッと魯明庵を取り囲んだ。

「おい、麻次」

「へい」

乱闘になるのを止めようと、飛び出そうとしたが、かかってきた板前を魯明庵が殴りつけていた。

大きな魯明庵が、虎は見たことがないが、たぶん虎のような動きで身を翻しながら、板前の横っ面を張り飛ばしていく。

あっという間である。

四人が地面でのたうち回っている。

「あわわわ」

という声は、殴られて顎《あご》が外れた者の、悲鳴のような声らしい。

「じゃあな」

魯明庵はそう言い捨てると、さっさと尾張町のほうへ歩き出した。

「なんてこった」

魚之進も、呆れて見守るほかない。


ひとしきり、大坂屋のあるじの、愚痴や泣き言を聞かされたので、木挽町の更科へは少し遅れて着いた。

見ると、亭主はすでにのれんをなかに入れるところだった。

「おい、幽霊はどうした？」

魚之進は訊いた。

「さっき、帰りましたよ」

「今日も幽霊そばを頼んだのか？」

「ええ。今日もほとんど食べてませんけどね」

「どっちに行ったかわからないか？」

「さあ。幽霊だから、西のほうじゃないですか」

と、亭主は下らないことを言った。

「しまったなあ」

魚之進が顔をしかめると、

「でも、店に来ていた若い娘が跡をつけて行ったみたいです」

「若い娘……」

まさかという思いで、

「その娘は、ちょっと目と目が離れた感じの？」

「あ、そうでした」

やはり、おのぶが来ていたのだ。あの好奇心の強さには、呆れてしまう。

外に出た。

「明るいほうには行かないよな」

と、魚之進は周囲を見て麻次に言った。

「幽霊ですからね」

「そっちか」

と、大名屋敷が並ぶほうに行った。

大名屋敷のあいだに、築地《つきじ》川のほうへ抜けて行く細い道がある。そのなかほどに女の影が立っているのが見えた。一人だけである。

魚之進は駆け寄った。

「大丈夫か？」

「あ、魚之進さん」

振り向いたのは、やはりおのぶだった。

「どうした？」

「消えたみたい」

おのぶは震える声で言った。

「消えたって？」

「この塀のなかに」

と、大名屋敷の土塀を指差した。

「ここかあ」

板塀にならば、隠し戸でも使ったのだろうと想像できるが、そこはなまこ壁の頑丈な土塀になっていて、隠し戸などもつくれそうになかった。いちおう道の反対側も見るが、こちらも藩邸の土塀で、細工なども見当たらない。

そば屋に戻ってあそこはどこの藩邸か訊くと、幽霊が消えたほうが、備中《びっちゅう》松山藩の中屋敷《なかやしき》、一間半ほどの道の反対側が、下総《しもうさ》佐倉藩の中屋敷だった。

「怖かったあ」

おのぶの声が震えている。

「怖いもの、あるんだ？」

「幽霊には勝てないよ」

「おのぶさんなら勝てそうだぞ」

「馬鹿言わないで。魚之進さん、捕まえられる？」

「大名屋敷に入られちゃなあ」

幽霊が本物であるかは別にしても、大名屋敷はまずい。町方の同心にとっては、のぞき見すらできないところである。

五

翌日――。

魚之進は木挽町界隈を歩きながら、昨夜、寝ながら考えたことを語った。

「おいらは幽霊は信じるよ。なぜなら、この世には見えるものだけじゃない。見えないものはいっぱいあるんだからな」

「そんなもの、ありますか?」

麻次は不思議そうに訊いた。

「ああ。風は見えないだろう」

「ほんとですね」

「音も見えないぞ」

「なるほど」

「匂いが見えるか?」

「見えません」

「見えない幽霊がいても、なんの不思議はない」

「でも、更科の幽霊は」

と、麻次は言った。

「うん、見えたんだよな。だから、おいらは、あれは幽霊ではないと思う」

「へえ、そういう考え方もあるんですね」

「今晩も行ってみようぜ」

「わかりました」

ということで、今日は晩飯も更科で済ませ、早くから幽霊の登場を待った。客のなかには幽霊が出るという噂を聞いた者もいるが、じっさいに見ようという者はなかなかいないらしい。

四つ（九時半）くらいになると、客は魚之進たちだけになっていた。おのぶがまた来たいと言ったのだが、調べの邪魔になるからと、今日は我慢させた。

のれんがなびいた。

戸は開け放してあった。

女がすうっと来た。

──来たよ。

魚之進は息をのんだ。

女は俯きがちに店を見回し、入口近くに座った。

一瞬、目が合った。

その目は悲しみと絶望にまみれていた。

いくつくらいだろう。三十まではいっていないと思う。たぶん二十四、五。溌剌《はつらつ》としていたらたいそうな美人なのだろうが、こうも表情が暗いと、美醜《びしゅう》の問題ではなくなる。

出て来た若くない娘に、

「幽霊そば、くださいな」

か細い声で言った。

「はい」

まもなく出て来た幽霊そばをじいっと見つめ、そばを二、三本たぐると、少しだけ口に入れ、

「ふうっ」

と、ため息をついて箸を置いた。

——声をかけようか。

と、一瞬、思った。だが、それだとほんとに消えるのか、確かめられなくなるか

もしれない。

「ごちそうさま」

女は立ち上がった。いつの間にか、縁台に三十文の代金が置かれていた。来たときのように、すうっと出て行く。

「麻次」

「へい」

魚之進たちも、跡をつけた。

女は提灯を持っていない。淡い月明かりの下で、影が歩いているように見える。角を曲がった。ちらりとこっちを見た。

瞬時、立ち止まってしまい、また跡を追った。

大名屋敷のあいだの道に入った。

おのぶが消えるのを目撃したところである。

魚之進たちは足を速めた。女とのあいだは、およそ六、七間。はっきり見えないが、消えるのがわからない距離ではない。

道のなかほどまで来たとき、女が消えた。

「あ」

魚之進は目をこすった。

それから、消えた地点まで駆けた。

どこにもいない。

「なんてこった」

「ほんとに消えましたね」

周囲は静かである。大名屋敷のあいだの細道など、こんな夜中に通る者などいるわけがない。風だけが通り過ぎ、大名屋敷の塀際の樹木が、ざわざわと鳴っている。まるで木々同士が話しているような、怖さも感じる。ふいに、フクロウが、

「ほうほう」

と鳴いて、幽霊でなくても背筋を冷たくさせる。

「なあ、麻次。さっきの消え方だが、なんか変だと思わなかったか？」

魚之進は、よくよく考えてみたがという調子で言った。

「変？」

「暗くてよく見えなかったが、消える前、一瞬、身体が薄っぺらくなった気がしたんだ」

「やっぱり本物の幽霊だからでは？」

と、麻次はすでに両手を合わせている。

「なんだ、麻次。もう、お参りする気分かい？」

「あ、いや」

「薄っぺらくなったということは、おれたちが見た後ろ姿は、紙みたいなものだったんだ」

「紙ですか？」

「そう。それで、その紙をくるっとひっくり返すとするぜ、裏は真っ黒に塗ってあるんだ。すると、どうなる？」

「真っ黒だったら、この暗さじゃ見えなくなりますよ」

「つまり、消えたってことだろう？」

魚之進はそう言って、麻次を見た。

「…………」

麻次はなにも答えない。

「おいらの言うことが納得できないのか？」

魚之進は、重ねて訊いた。

「たとえ、紙だったとして、裏返しにしたり、どうやってやるんですか？」

「そりゃあ、道具を使えばやれるさ。例えば、釣《つ》り竿《ざお》とか」

「ははあ。じゃあ、この塀のなかで誰かが？」

と、麻次は大名屋敷のなかを指差した。

「塀のなかに入る暇はない。こっちにも木があるじゃないか。そこにも、そこにも」

なるほどこの細い道にも、ところどころ屋敷に入り切れなかったみたいな、イチヨウやケヤキの大木が立っているのだった。

「裏に隠れてるんですか。そりゃあ、怖いですよ」

そう言いながら、麻次は手を合わせるのをやめ、後ろから十手を出して構えた。

「なんか訳ありみたいだな？」

魚之進は、後ろの暗闇に声をかけた。

「話を聞くぜ。相談に乗ってもいい」

幽霊に語っているような気もしてきた。

返事はない。

「いるんだろ、そのあたりに？　わかってるんだ」

沈黙はつづいている。

「こっちから探しに行くぜ」

そう言ったとき、

「ほんとですか？」

と、声がした。

「嘘は言わない」

姿を現わした。むろん、幽霊ではない。


誰にも聞かれないようにと、木挽町の番屋を借り、人払いして話を聞いた。

女の名は、喜美江《きみえ》と言った。

隣り合った下総佐倉藩の中屋敷で女中をしているという。

「復讐《ふくしゅう》なんです」

とも言った。

「復讐？」

「幽霊になっているという噂をばらまき、苛《いじ》めた用人を苦しめてやろうと」

「詳しく聞かせてくれ」

「万佐江《まさえ》という妹がいたんです。三つ歳下《としした》の。それで、そこの備中松山藩の中屋敷に女中として入ったんです」

「なるほど」

「中屋敷は奥方さまがお住まいになることが多いのですが、こちらはお殿さまがまだ年少で、奥方さまもおられないため、お殿さまの母君さまがお住まいだそうです。ただ、このなかのことは、ご用人の田畑伝右衛門《たばたでんえもん》という五十くらいのお侍が仕切っておいでだったそうです」

「うむ」

「妹は、母君さまのお世話をするというので入ったのですが、すぐに参勤交代で母君さまはお殿さまといっしょに国許《くにもと》へお帰りになり、妹は屋敷に残りました。すると、その田畑が夜な夜な妹を呼ぶのだそうです」

「ははあ」

呼ぶと言っても、別に世間話をするために呼ぶわけではない。その方面にはまったくうとい魚之進でも、薄々はわかる。

「妹は拒絶しました。すると、田畑のひどい苛《いじ》めが始まりました。妹は、この広い屋敷を一人で毎日、掃除させられたのです」

「それはひどいな」

「池の掃除までさせられたそうです。それも真冬に」

「かわいそうに」

「一度、会って話を聞いたとき、あたしは逃げるように勧めました。でも、三年のあいだ、命がある限り奉公するという約束で入ったので、それはできないと。もし、破れば、うちの両親が借金で苦しむことになると」

「女衒《ぜげん》かよ」

と、麻次も憤った顔で言った。

「屋敷のなかの井戸に身を投げました」

「はあ」

魚之進は思わずため息をついた。

深い穴のなかを絶望が落ちていったのだ。自分たちの足元のほうぼうにも、そういう穴はあるのかもしれない。蕪村の句に、「古井戸のくらきに落《おつ》る椿《つばき》哉《かな》」というのがあるが、ひどく不気味な感じがしたことを思い出した。

「なにかしてやりたいと思い詰めました。そこのそば屋で幽霊そばというのがあると聞いて、幽霊になってやろうと。それで噂にすれば、用人の周辺にも聞こえ、殿さまに叱られたり、恥をかいたりするだろうと思ったのです」

「なるほど」

「それくらいしかできないんです、あたしには」

そう言って、喜美江は悔しそうに泣いた。

「ひどい話だ。おいらもなんとかしてやりたい。だけど、たかが町方の同心ができることといったら……」

「お気持ちだけで」

「いや、やってやろう」

町方のへっぽこ同心が、大名家の用人にやれる復讐は？

ずいぶん智恵《ちえ》を絞ることになりそうだった。

六

その次の日の夕方である——。

「けっこういろいろ聞けましたぜ」

と、へらへらの万吉が奉行所にやって来た。

話が溜《た》まったところで、暮れ六つごろ、奉行所にいる麻次のところに来るようにと言っておいたそうだが、相変わらず仕事は速い。一昨日の晩に、麻次が頼んでおいたから、丸二日で報告できるようなことを摑んで来たのだ。

「どうだい、大粒屋の評判は？」

魚之進が訊いた。

「ええ。あそこの仕事の中身については、まあ、悪い評判は聞けなかったですね。とにかく主に豆を扱っているんですが、その品物のいいことと言ったら、どれも一級品。出来が悪い豆は受け付けないらしいんです。だから、一流の店は大粒屋と取り引きしたがりますよ。なにせ、あの家の人たちってのは、子どものときから鳩《はと》みたいに豆を食わせて育てるんだそうです。だから、豆のことを旦那はもちろん、番頭、手代に至るまで、よく知ってるんです」

「ほう」

「しかも、一級品しか受け付けないとは言いましたが、人情味もあって、日照りやなんかで質が落ちた豆も、ある程度、買値は下げますが、それは大粒屋の浅草にある出店のほうで引き受けるんだそうです。農家だのはありがたいでしょう。そのかわり、大粒屋と取り引きしたいという小売りの豆屋は、よほど信用がないと扱わせてもらえません。長年、頼んでいて、いまだに卸してもらえないところなんか、悪口言ってます。お高く留まりやがってとか」

「なるほどな」

そのあたりは、気をつけるべきかもしれない。だが、お高く留まっているから、イボになるというのはわからない。

「それと、いまの大粒屋があるところに、猫を祀《まつ》った神社があったらしいんです。昔からの古い神社でね。それは招き猫を奉納すると願いが叶《かな》うとか言われていて、あの界隈の猫好きがよく拝んでいたらしいんですが、三十年くらい前ですかね、大粒屋が蔵を建て増しするのに、その神社をつぶしたらしいんです。だから、大粒屋にはそのうち猫の祟《たた》りがと言っている若い娘もいました」

「猫の祟りか」

その話は嘘だ——と、魚之進は内心、苦笑した。じつは、猫神社はいまもあって、建てた蔵の裏っ方に小ぶりだが、きれいな祠《ほこら》がある。そこは、もともと敷地《しきち》内で、開放してあったときは誰もお参りになど来ず、大粒屋の女たちが、代々、正月などに招き猫を置いたり、かつぶしを奉納したりしてきたのだ。お静も、ときどきお参りに行っていた。でも、蔵をつくったため、外からは見えなくなっただけで、そうなるとつぶしたなどという噂が立ったらしい。

だから、猫の祟りなどというのは、あるわけがない。

「それと、あの家にはお静さんという、これが日本橋小町というくらいの美人の娘がいましてね」

「…………」

魚之進はどきりとする。麻次も、さりげなくだが、魚之進を見た。

もちろん、万吉はなにも知らずに、予断を持たずに噂を仕入れてきたのだ。

「この別嬪《べっぴん》がどうも、町方の同心の家に嫁に行ったそうなんです。旦那はご存じないですか？」

万吉はいきなり訊いた。

「いや、知らない」

魚之進はしらばくれた。

「それを根に持った男がなんだか付きまとったり、お静さんを殺そうとしたこともあったらしいんです」

それはたぶん、高輪《たかなわ》の遠州屋《えんしゅうや》のことではないか。そいつは、魚之進がお縄にした。

「しかも、その相手の同心は、捕物のとき殺されちまったそうなんです。それで、お静さんは実家の大粒屋にもどったんですが、その殺された同心にはちっとボーっとした弟がいたらしくて、さかんにお静さんを口説いてたらしいんですが、まったく相手にされなかったみたいです」

「…………」

魚之進は、顔が赤くなるのを抑えられない。

「それで、いまもときどき、お静さんに会いに来ているそうですぜ」

「ふうん」

魚之進はやっとそう言った。

「とりあえず、この二日のあいだで大粒屋に関して聞けたのはこれくらいなんですが、あっしは胸のうちに取っておくとすぐに忘れちまいますし、字があまり書けねえので、書いておくというのも駄目なので、こうしてご報告に参りました」

「ああ。二日でこれだけ聞き込んだのだから、たいしたもんだ。明日以降もつづけてみてくれるか？」

麻次が訊いた。

「もちろんですよ。では、あっしはこれで」

万吉は、麻次にこづかいをもらい、喜んで帰って行った。

「すみませんね、旦那。くだらねえことを聞かせてしまって」

麻次が頭をかきながら言った。

「なあに、世間がどう見ているか、よくわかったよ」

「ま、勝手なことを言いますからね」

「まあな」

だが、万吉が聞き回ってくることのなかに、あの脅迫の主も現れてくるかもしれないと、魚之進は期待していた。

七

それから一刻ほど後である。

魚之進は麻次といっしょに夜の木挽町を歩いていた。黒羽織《ばおり》、着流し、雪駄《せった》、そして朱房《しゆぶさ》の十手と、一目でわかる定町回り同心の恰好をしている。

このあたりは、盛り場のある表通りと違って、裏道にあたるため、暗く静かである。もちろん麻次は提灯を持ち、二人の足元を照らしている。

向こうから若い武士と眠たそうな中間を連れた初老の武士がやって来た。武士は酔っているらしく、足取りが少しふらついている。

「今日の芸者の歌はよかったな」

武士は大声で言った。

「そうでしたか」

若い武士は気が乗らない声で答えた。

「今度、口説いてやる。あっはっは」

いかにも下卑《げび》た笑いを、静かな夜に反吐《へど》のように撒《ま》き散《ち》らした。

三人とすれ違うので、魚之進と麻次は道の端に寄った。町方の同心など、身分でいえば足軽程度で、田舎の藩士であろうと、相応の礼は心がけなければならない。

すれ違う寸前、

「え？」

魚之進は驚いた声を上げ、初老の武士を見た。恐怖とまではいかないが、驚きのあまり目を瞠《みは》っている。

その異様な反応に、

「なんだ？」

と、初老の武士は足を止めた。

「いま、お背中に若い女を背負われているように見えたもので」

「若い女？」

「いや、見間違いでした。申し訳ございませぬ」

「なんだ、馬鹿者めが」

初老の武士は、魚之進にひどいことを言ったが、顔には激しい怯《おび》えが張りついている。真っ青になってひきつっている。

「失礼いたします」

そう言って、魚之進は反対側へ歩みを進めた。

それからまもなくである。

初老の武士は、備中松山藩の中屋敷に近づいた。

そのとき、若い娘とすれ違った。娘は、両目の位置がいささか離れ過ぎているが、それは愛嬌《あいきょう》と紙一重で、愛らしく見えないこともない。

若い娘は、初老の武士とすれ違うとき、

「え、なあに？」

と、急に顔をひきつらせ、武士の肩のあたりを見て、

「なに、いまの？」

そう言いながら、急に駆け出した。

「え……？」

初老の武士はなにがあったか訊く暇もない。ただ、若い娘の後ろ姿を唖然として見送ったあと、肩のあたりを慌てて払い始めていた。

八

ぼっしゃーん。

という音は、底籠りしているが、遠くまで届くような、奇妙な音だった。

それが毎夜、聞こえてくるらしい。

一度とは限らない。ある晩は、夜の四つごろに聞こえ、さらにもう一度、暁九つ（深夜十二時）にも聞こえたという。

どこでしているのか。

とにかく、備中松山藩中屋敷内の、用人田畑伝右衛門が眠る部屋でも、その水音ははっきり聞こえるらしい。

ぼっしゃーん。

その音を初めて聞いたとき、田畑は飛び起き、部屋の雨戸をがらりと開けて、

「なんだ、いまの音は？」

と、喚《わめ》いた。

やがて、物音がして、寝ていたらしい若い武士が、

「いかがいたしました？」

と、駆けつけて来た。

「誰か、井戸に落ちたぞ」

「え？」

「そこの井戸に誰か落ちたというのだ」

田畑は指を差した。そこは、庭の外れにある井戸で、台所用ではなく、庭木にやる水を汲《く》んだりするための井戸だった。

「いや、落ちるわけがありません。その井戸は、例の件以来、塞いでありますので」

たしかに井戸には蓋《ふた》がしてあり、その上に大きな石がいくつも載せられている。

「では、さっきの音はなんだ？」

「さあ」

若い武士は困惑したように首をひねった。

「もう、よい。下がれ」

田畑はそう言ったが、若い武士は部屋に戻るその足取りが震えてがくがくしているのを見て取っていた。


喜美江は放り込んだ沢庵《たくあん》石を井戸から引き上げていた。石は縄で縛ってあり、落としてもすぐ、引き上げることができる。滑車があるので、一人でできないこともないが、いつも親しい同僚が手伝ってくれていた。

「聞こえたかしらね」

同僚が訊いた。

「聞こえてる。試したけど、間違いない」

喜美江は言った。

「いつまでやる?」

「気が済むまで」

「そうだよね」

同僚はうなずいた。

井戸の柱のところには、古くなって屋敷の物置小屋に押し込んであった屏風《びょうぶ》を補修したものを、半分覆うようにしてかけてある。こうすると、井戸の音が、一方にだけ向かうので、向けられたほうでは、凄くよく聞こえるのである。しかも、都合のいいことに、あいだに二つの土塀があるとはいえ、二つの井戸は直線で五間ほどしか離れていないのだった。

「でも、よく考えたものね。この仕掛け」

と、同僚は言った。

「ほら、遠くの人を呼ぶとき、こうやって両手を口に当てるでしょ。あれと同じことなのよ」

喜美江は、町方の同心である月浦から聞いたとおりのことを言った。

「なるほど。賢いのね、これ、考えてくれた人」

「うん。ちょっとボーっとして見えるんだけど、たぶんもの凄く賢い。それで、もの凄く優しい」

「へえ。独り者？」

同僚は目を輝かせて訊いた。

「独り者だけど、許嫁《いいなずけ》らしき人がいる。ちょっとカエルに似てるけど、愛らしい娘さんだった」

「それは残念ね」

「まあね」

喜美江はうなずいた。

それから、あの同心のとぼけたような表情を思い出し、柔らかい笑顔になっていた。それは万佐江が亡くなって以来、久しぶりに見せる笑顔だった。

第四話　陰膳《かげぜん》だらけの宴《うたげ》

一

話は少しだけ遡って――。

月浦魚之進が、通りすがりに大げさに目を瞠って、備中松山藩の田畑伝右衛門を脅かしてやった日の、まだ朝のことである。

隣席にいる十貫寺隼人が、額に人差し指を当て、美し過ぎる憂い顔を見せていた。

「どうかしましたか、十貫寺さん?」

魚之進は訊いた。

十貫寺は魚之進に顔を向けると、

「ふーっ」

と、大きなため息をつき、

「面倒なことを頼まれてしまってな」

「どんなことです?」

魚之進はうっかり訊いてしまった。こういうときは、「あ、そうだ。おいらも面倒なことがあったんだっけ」と、急いで逃げるべきなのである。多くの武士はこうした技をいつの間にか身につけているのだが、なにせ魚之進は経験が足りない。

「じつは、深川におれが贔屓《ひいき》にしている料亭があってな。〈平《ひら》きよ〉というんだがな」

「なんだか〈平清《ひらせい》〉みたいですね」

　平清は、深川にある有名な料亭で、風呂に入ったあと、鯛の潮汁《うしおじる》など、うまい海の幸をふんだんに使った料理を出すことで有名である。かつて、有名な戯作者の大《おお》田南畝《たなんぽ》なども、ずいぶん贔屓にしたらしい。

「ああ。平清と間違えて来る客も当て込んだみたいだな」

「はあ」

　とても一流の料亭とは思えない。

「おやじは漁師上がりなんだけど、漁師飯をさも上品に見せかけて食わせるんだ。またここの女将がやり手でな。漁師の女房どころか自分も漁に出ていたとは思えないくらいの美貌で、色なんかも真っ白でな。もちろん、白粉《おしろい》を塗ったくってるんだけど」

「そうなので……」

朝の忙しいときに、十貫寺はなにを言おうとしているのだろう。

「それで、いまから十日ほど前、この料亭で奇妙な宴会があったのさ」

「なるほど」

ようやく本題に入ったらしい。

「その宴会は、出席者が三十人ということだった。それで、ぎゅうぎゅう詰めは嫌だから、大広間でやりたいというので、平きよではいちばんの大広間を用意したわけさ」

「ええ」

「芸者も勧めたら、それはあまり気が進まなかったらしい。だが、芸者は座持ちがいいから、宴会が盛り上がらないときはいると助かると勧めて、二人、呼ぶことになった。それで、いざ蓋を開けてみたら、なんと三十人来るはずが、四人しかきていない」

「たった四人ですか」

それはずいぶん少ない。

「お膳は準備しておいたから、ほとんどが陰膳になっちまった。もう、宴会の寂しいことといったら、まるで押し込みで一家皆殺しにされた家の葬式みたいだったらしい」

「宴会がですか」

「出席した芸者も気が滅入《めい》ってしまって、それから五日くらいは、唄がお経みたいになって困ったらしい」

「はあ」

「でも、そんな宴会ってあるか？　三十人の宴会に四人しか来ないって。陰膳だらけの宴会だぞ」

「聞いたことないですね。でも、たとえば、なにかの株仲間の会合で、まとめ役の四人にほかの株仲間が反旗を翻したとかは？」

「鋭いな」

「それですか？」

「あいにく違うんだ。しかも、それは武士の宴会だ」

「武士なんですか？」

てっきり町人の宴会と思っていた。

「約束を守る武士の宴会だ。だから、なおさらおかしいわけさ」

「確かに」

「それで、女将に頼まれちまってな。なんだか気持ちがすっきりしないから、どういうことか調べてくれない？　ってな」

「…………」

嫌な予感がしてきた。もしかして、味見方におっつけようとしているのではないか。

「おれもちょっと探りを入れてみた。どうも、お膳の中身に関わりがある気がしてきた」

「お膳の中身？」

魚之進は素っ頓狂な声をあげた。

お膳の中身がなぜ、陰膳の理由になるのだろう。まさか、好き嫌いの激しい献立だったとでもいうのか。

「魚之進。これは味見方が担当することだろう」

「え」

やっぱり来た。

「陰膳という食べものにまつわる謎だろうが」

「それはまあ」

「お前が解け。頼んだぞ」

十貫寺はそう言って、背中にしょってきた十年前の米俵を下ろしたみたいに、さっぱりした顔つきで同心部屋から出て行った。

二

「旦那も人がいいからなあ」

話を聞いた麻次は呆れた口調で言った。

「人がいいんじゃない。単に間抜けなだけなんだよ、おいらは」

魚之進は自分でもうんざりしながら言った。

だが、立場は十貫寺のほうが上である。命じられたらどうしようもない。

仕方なく、朝から深川へと向かった。

それでも、永代橋を渡るころには、初夏の風は爽やかで、海の香りも心地良く、ついでにうまい昼飯でも食って帰るかという気持ちになっていた。

有名な平清は、富岡八幡宮《とみおかはちまんぐう》の門前になるが、こっちの平きよは、富岡八幡宮の真裏に位置していた。いかにも、平清の贋物《にせもの》みたいな立地ではないか。

だが、いざ料亭の前に立つと、立派な建物で驚いた。しかも、門から玄関口までは、海から持って来たらしい岩が点在し、白砂と松の木とで、田舎の名勝くらいの景色になっている。

「へえ」

これで料理もうまいというのだから、なにも平清の贋物みたいな名前にしなくてもよかったような気がする。

「ご免」

玄関口で声をかけると、奥から女が出て来た。

「はぁい」

声が泥に墨を入れたみたいに濁っている。しかも底からぶくぶく泡が出ているみたいに、凹凸もある。

だが、表情はにこやかで、目を瞠るくらいの美人である。白粉をかなり塗っているのもわかるが、落としたときの顔立ちのきれいさも想像できる。

「女将さんですね」

「ええ。奉行所の同心さまね」

今日は、夜のこともあるので、黒紋付きの羽織に、着流し姿である。

「ここであったという陰膳だらけの宴のことで来たんだがね」

「あら。十貫寺さまがお調べになるんじゃないの？」

「そうなんだ。でも、忙しくなって、かわりにおいらにやれと」

「そうなの。まったく、十貫寺さんもねえ」

と、女将はなにか言いたそうである。

「…………」

なにか微妙な雰囲気なので、魚之進は突っつかない。

「いい男なんだけどね」

「…………」

「値切るのよね」

と言って、鼻で笑った。

「十貫寺さんが？」

それは意外である。あれだけいい美貌をひけらかしているのだから、気前だっていいように見える。

「ケチよ、あの人」

「そうなんですか？」

それは意外である。十貫寺は豪商の家から嫁をもらっているので、すこぶる裕福なはずである。もっとも金持ちほどケチだから、料亭の代金も値切って当たり前なのかもしれない。

「でも、同心さまに来るなとも言えないし」

「はあ」

「せめて、友だち連れて来るのはやめてと言いたいんだけど」

「いや、おいらは別に友だちというわけじゃなくて」

慌てて弁解した。

「ははあ。後輩で、あの謎をおっつけられたわけね」

「いや、まあ」

「じゃあ、謎、解いて」

女将はそう言って、煙草盆《たばこ》を持って来て、玄関口に座った。煙管《きせる》に煙草を詰め、うまそうに一服つける。魚之進は煙草をやらないが、いい匂いの煙草だった。

「三十人のところを四人しか来なかったというはなしだけど、支払いは？」

「ちゃんとしましたよ。前払いで」

「前払いで？　ここは一人前いくらなんだい？」

「一人前の料理で、銀十匁《もんめ》（約二万円）いただいてます」

「十匁か」

確か〈八百善《やおぜん》〉とか〈平清〉とかもそれくらいだったはずである。

「それに酒や芸者の揚げ代も入りますからね。四百匁（約八十万円）ほどでした」

「四百匁……それをぜんぶ、前払いしたのかい？」

「ええ。うちとしてはなんの損もないんですよ。ですから、なにも騒ぎ立てるつもりはなかったのですが、たまたま十貫寺さまが見えたときにこの話をしたら、それは大いなる謎だと。わたしが解いてやるとおっしゃったもので」

「ははあ」

十貫寺としては、いつも値切って来ている分、いい顔をしたかったのかもしれない。

「でも、なんだったんでしょうね」

と、女将は言った。いちおう謎は解いて、もらいたいらしい。

「陰膳が出るかもしれないとは言ってなかったのかい？」

「聞いてませんよ」

「十貫寺さんは、お膳の中身に関わりがあるかもしれないと言ってたけど？」

「お膳の中身って、献立がですか？」

「うん。どんなのが出るんだい？」

「いちばんの売りは、とにかく立派な鯛の尾頭をつけることですよ」

「なるほど」

「それに活《い》きのいい刺身。ぷりっぷりの貝。それのどこに、陰膳だらけになる理由があるんですか？」

「そうだよな」

あれは、十貫寺が自分にこの謎を押し付けるための、こじつけだったに違いない。

「芸者は何人いたんだ？」

麻次が訊いた。

「二人です」

「二人？　三十人に二人は少ないだろう」

「最初、芸者はいらないとかおっしゃったんですよ。でも、あたしが芸者は座持ちがいいからいれたほうがいいですよとしつこく勧めて、じゃあ、二人くらいと。もっとも、売れっ子の二人をつけてやりましたけどね」

「ふうん」

「武士だったんだって？」

魚之進が訊いた。

「ええ」

「身元はわかるかい？」

「わからないんです。お名前も、渡辺《わたなべ》とはおっしゃいましたが、どこの渡辺さまとは。なんせ、ぽんと前払いしていただいたので」

「どこの武士だろうとかまわないわけか」

「そこまでは言いませんけど」

女将はぷいとそっぽを向いた。

「幕臣かどうかの見当もつかねえのかい？」

麻次がさらに訊いた。

「どうでしたかねえ」

「田舎の武士というふうでもなかったのか？」

「ちょっとねえ」

幕臣かどうかもわからないし、藩もわからない。ということは、ほんとに武士だったかどうかもわからないのだ。

魚之進と麻次が弱った顔をしていると、

「あたしは申し込みのときしか話してないんでね。宴に出た芸者たちは、話くらいしていると思いますよ」

女将はそう言って、二人の芸者がいる置屋《おきや》を教えてくれた。

三

深川三十三間堂の近くにある芸者の置屋にやって来た。ここは、気風《きっぷ》の良さで知られる深川芸者を五人ほど抱える、中堅どころの置屋らしい。

前に立つと、なかから白粉やら、謎の液やらの化粧の匂いが押し寄せて来た。魚之進の苦手な匂いである。ほんのり嗅ぐと決して嫌な匂いではないのだが、こうも圧倒的だと匂いに吠《ほ》えられているような気になってしまう。

「ご免よ」

魚之進の気持ちを察し、麻次が先に入った。

「はい？」

真ん前にいた、小太りの五十くらいの女が、楽しくなさそうに笑った。

「ちっと訊きたいことがあるんだ」

と、麻次はすっと十手をかざし、

「春奴姐《はるやっこねえ》さんと鷹丸《たかまる》姐さんに話を訊きたいんだがね」

「そうですか。春奴はまだ寝てるはずですが、鷹丸？」

「はい？」

隣の部屋で声がして、襖《ふすま》のなかほどから、ひょいと顔だけ見せた。丸い、愛くるしい顔で、まだ若そうである。

「あんた、この前、平きよで陰膳だらけの宴席に出ただろ？」

「ああ、あの変な宴席」

「ちっと話を訊きたいんだよ」

「いいですけど、いま、お湯屋に行かなくちゃいけないの。いっしょに来るなら、お湯のなかで話すわよ」

「湯のなかで？」

「忙しいんですよ、あたしは」

「入れるのか？」

「そこは、入れ込み湯ですよ」

混浴ということである。

「どうします、旦那？」

麻次は魚之進に訊いた。

「お、お、おいらも裸になるのかよ」

魚之進はいきなり訊かれて、上ずった声で言った。

「なんなら旦那は着物着て入ってもいいですけど」

芸者はそう言いつつ、すでに桶《おけ》や手拭《てぬぐ》い、糠袋《ぬかぶくろ》などの支度をしている。

「ま、ま、まさか、そんなことに」

「行くの、行かないの？」

「行くしかないか」

魚之進がうなずくと、麻次は困った顔で頭を掻《か》いた。

近所の湯屋である。

「まず、湯舟のなかで訊いて」

と、鷹丸姐さんは洗い場を進んで、ざくろ口をくぐった。まさか無邪気なわけではないだろうが、裸が恥ずかしいとかいう気持ちはないらしい。すべて見せて、堂々と湯舟におさまった。

もっとも湯屋の湯舟は相当薄暗いので、ここは魚之進でも羞恥心は抑えられる。

「例の陰膳の宴会だけどな、どんなようすだったんだ？」

麻次が改めて訊いた。

魚之進は、湯舟の隅で小さくなっている。

「とにかく、静かな宴会だったわよ。葬式だってもう少し賑《にぎ》やかでしょう」

「どういう席だったんだ？」

「さあ」

「なにか名目がなければ、宴席なんか開かねえだろうが」

「知らないよ、あたしは」

あまり気が利く芸者ではないのだろう。

「なにも話はしなかったのか？」

「適当にはしてたわよ」

「どんな？」

「四人のうちの一人は、娘があたしと同じくらいの歳らしいの。それで、芸者をやるのに親は反対しなかったのか？　とか訊くわけ。宴会の話題じゃないわよね。それで、あたしが母親は芸者で、父親はわからない、たぶん武士って言うと、なんか同情しちゃって。でも、御祝儀とかはくれなかった」

「名前は言わなかったのか？」

　魚之進が訊いた。

「自分じゃ言ってないけど、ほかの人はたしか田所《たどころ》さまって呼んでたかも」

「田所……」

　姓を呼んでいたということは、やはり町人ではなく、武士なのか。

「ほかにどういうのがいた？」

　麻次はさらに訊いた。

「いちばん若い人は、まだ二十歳くらいだったかな。あたしが吉原《よしわら》とか行く？　って訊いたら、一度だけ連れてってもらったって。どうだった？　って訊いたら、なんだかよくわからなかったって。いいよねえ、そういうのって」

　なにがいいのか、魚之進にはさっぱりわからない。

「ほかには、どんなのがいた？」

「一人は凄く疲れていたみたいで、今日は下水の溝を三十間ほど掘ったから疲れたって」

「下水の溝？」

浪人者の日銭稼ぎみたいである。

「そう。それで、ほんとに疲れてたみたいで、お酒をちょっと飲んだら眠くなったみたいで、部屋の隅でずうっと寝てた」

「寝てたのか？」

「そう。それでもう一人は、とにかく酒は好きらしく、いちおうお膳一つに銚子《ちょうし》一本がついてたから、無くなるとそれを一本ずつ持って来させて、ほとんどその人が飲んじゃったかも。帰るときはさすがにべろべろで、若い武士がおんぶしてったみたいよ。あたしらは先に失礼したから、帰るところは見てないんだけど」

「四人は、国訛《くになま》りとはなかったのか？」

「さあ。あたしが常州生まれだから、訛《なま》りがひどいらしいの。自分じゃわからないんだけど」

「うん、ひどいな」

麻次は思わずうなずいてしまったらしい。魚之進が聞いていても、真面目に話してもふざけているみたいな訛りである。

「だから、向こうが訛ってても、気にしないというか、気づかない」

「四人は離れて座ってたのかい？」

魚之進が訊いた。

「ううん。四人は窓際に並んで座ってた」

「最初から？」

「そうだね」

「だったら、最初から四人しか来ないとわかってたんじゃないのか？」

「あ、そうかも。最初のうちは、おかしい、遅いのう、なにかあったのかな、とか言ってたけど、芝居だったんだ」

「どういうことだ？」

魚之進が首をかしげると、

「ねえ、あたし、そっちで身体洗うわよ」

そう言って、鷹丸は湯舟を出て、洗い場のほうにしゃがみ込んだ。

ここではすっかり温まった身体を糠袋でこすって垢《あか》を落とすのだが、

「ねえ、お侍さん。背中こすって」

と、鷹丸は魚之進に甘えるように言った。

「こ、こ、こするの？　背中を？」

「背中から前にかけて」

「ま、ま、前は駄目だろうよ」

「いいの。身体が気に入ったら、お座敷《ざしき》に呼んでくれたらいいんだから」

鷹丸はそう言って、魚之進の太腿《ふともも》を撫でた。

「そ、そ、そ、そんなこと、言われてもなあ」

魚之進が困り果てているのを見て、

「おい、姐さん。ほかに、どんな話をしてたか、思い出してくれよ」

と、麻次はせっついた。

「そんなこと言われても、あたしは退屈だから、お膳のごちそういただいて、あとは三味線と唄の稽古してたから」

「じゃあ、いままで話したことくらいしか覚えちゃいねえのか？」

「ええ」

「旦那。帰って春奴の話を訊きましょう」

麻次はそう言って、しまい湯を浴びた。

四

芸者の置屋に戻って来ると、春奴はようやく起きたらしく、朝飯がわりの茶漬けをかっこんだところだった。

化粧はしていないので、歳の判断もしやすい。たぶん五十半ばだろう。だが、顔立ちそのものは鷹丸より美人かもしれない。

「どうも、春奴です。例の陰膳だらけの宴のことを訊きたいんですって？」

春奴は愛想もいい。笑顔がちゃんと笑顔らしく見えるのも、古参芸者の技というやつだろう。

「ああ、どうだったたい？」

麻次が訊いた。

「ええ。まあ、あんなにやりにくい宴席も、もう四十年芸者やってますが、二度目ですよ。一度目は芳町《よしちょう》の男芸者の会で、百人くらいの出席者が皆で、お互い、あれを切り合って、ほんとの女になろうとか始まったものだから、恐ろしいやら気味悪いやらで、あれ以来ですかね」

「なるほど。それで、四人のことは覚えてるかい？」

「ちょっと待ってください。あたしはいまから質屋に行かなくちゃならないんですよ」

春奴はそう言って、後ろの箪笥《たんす》をひっかきまわし始めた。

「質屋？」

「あたし、娘二人のほかに、まだ二十歳過ぎの息子がいるんですが、これがぐれちまいましてね。博奕《ばくち》でいかさましたのが見つかりまして、二十両持って来ないと指落とされるらしいんですよ」

「落とさせろ。金なんか出してやると、また、やるぞ」

「でも、もう二本、やっちゃってるんですよ」

「どういう息子だ」

「三本目は可哀そうじゃありませんか」

「まあな」

「いっしょに行ってくれるなら、道々、話しますが」

着物を五枚ほど持っている。

「わかった」

と、魚之進と麻次は、春奴の後をついて行った。

ところが、質屋は角を曲がるとすぐのところにあり、話を聞く暇もない。

「いっしょに入ってくださいな」

春奴の勢いに負けて、魚之進と麻次もなかに入った。

春奴は、着物を質屋のあるじの前に置き、

「この着物なんだけどね。ほら、いいものってことはわかるでしょ。どれも越後屋《えちご》で仕立てたんだから」

「まあね」

「つねづね金儲《かねもう》けじゃなく、町人の暮らしのためとおっしゃる旦那のことだから、二十両くらいは用立ててくれるわよね？」

「二十両？」

あるじは魚之進と麻次をちらりと見て、

「わかったよ」

と、すんなり金を出してくれた。

質屋を出るとすぐ、

「あんた、おいらたちを利用したわけか」

と、麻次は言った。

「利用だなんて人聞きが悪い。でも、旦那たちがいなかったら、四、五両くらいに値切られていたでしょうね」

「まったく、たいしたやり手だよ」

「話はそこの甘味屋ででもしましょうか」

と、春奴が指差した「みつ豆」ののれんが下がった店ののれんをくぐった。

「それで、四人のことでしたっけ？」

「ああ。覚えていることがあれば、なんでも聞かしてもらいてえ」

「なんかやったんですか、あの人たち？」

「それはまだわからねえよ」

「四人のうち、頭領みたいだったのが、田所って人」

「ああ、なるほど」

「若くて素直そうだったのが、与田秀介《よだしゆうすけ》」

「うん」

「疲れてすぐ寝ちゃったのが山尾《やまお》」

「ほう」

「渡辺ってのは？　その宴席を申し込んだとき、「平きよの女将が聞いたらしいんだがな」

「いませんでしたね。予約は、田所が取ったみたいなことは言ってましたよ」

「そうか」

たぶん、仮名を名乗ったのだろう。四人全員の名を覚えているあたりは、やはり四十年も芸者をやっているだけある。

「かすかに国訛りのある人もいましたよ」

うまそうにみつ豆を食べながら、春奴は言った。

「いたか」

「四人のうち、二人はそうでした」

「どこの国訛りだ？」

「たぶん九州の北のほうかと思います。筑前《ちくぜん》とか肥前とか、あのあたり」

「さすがだな、姐さん」

「でも、あの四人はなんとなく緊張してましたよ」

「緊張？」

「あたし、もしかしたら、この人たち、これから悪いことでもするのかしらと思ったくらいですから」

「どんな？」

「それはわかりませんよ。でも、ときどき、気になるみたいに窓の外を見ていました。あれは、単に仲間が宴会に来るのを待っているという顔じゃあなかったですよ」

「ほう」

魚之進は感心した。

「覚えてるのはそれくらい。さて、あたしはこれから湯に行って、化粧して、今日のお座敷の支度をしなくっちゃ。また、ああいう楽なお座敷だといいんですけどねえ」

春奴はそう言って、甘味屋から出て行った。

「そういえば……」

と、魚之進は言った。

「なんです？」

「まだ、宴席があった座敷《ざしき》を見てないぜ」

「そうでした」

と、魚之進と麻次は、ふたたび平きよに向かった。

五

「ここですよ」

平きよの女将は、またやって来た魚之進と麻次を、二階へと案内した。

「なるほど。いい景色ではないか」

魚之進は感心した。

真ん前の南側は、道を挟んで十五間《じゅうごけん》川の流れになっている。その向こうは富岡八幡宮なのだが、境内よりは裏手のこんもりした森が見えている。また、八幡宮には富士塚《ふじづか》がつくられていて、それはなかなか立派なもので、本物と見間違うことはないにせよ、湯屋の壁の絵くらいにはいい景色になっていた。

また、東側も二千坪ほどある武家屋敷で、こちらの緑も美しい。

「ふだんは、二階は十畳を六つにして使ってますが、大宴会のときは、襖をぜんぶ取り払って、六十畳の大広間にするんですよ。あの晩もそうしてました」

「へえ、広いねえ」

縦長の六十畳。横に廊下がついている。

「広いですよ」

「でも、ここに三十人入るはずが、四人しかいなかったんだ」

「ええ。すっかすかですよ」

「気味が悪いくらいだね」

「そうですよ」

魚之進はその光景を想像すると、なにか怖い。

「隣は大名屋敷かい？」

あいだに道などはなく、木の枝を伝って、そっちに入って行けるほどである。

「いえ。お旗本の辻岡亀五郎《つじおかかめごろう》さまのお屋敷です」

「大名屋敷みたいだな」

それくらい広い。

「そうですね。でも、辻岡さまは食通でいらして、うちにも何度かお越しいただいたんですよ」

「ふうん」

と、うなずき、隣の部屋を見ようと、廊下に出かけたとき、

──ん？

魚之進の足が止まった。

襖絵に目が行った。

「これって？」

と、襖絵を指差した。

色は少ない。墨絵に近く、端のほうにわずかに紅色や緑色が使われている。

「象らしいですよ」

「象ってこういうんだっけ？」

「さあ、あたしも本物の象なんか見たことないですから」

襖の端の顔らしきものを見ると、牙があったり、長い鼻もあったりして、なるほどこれは象かもしれない。

「うまいのか、これ？」

「どうなんでしょう」

女将は、絵になどたいした興味も持っていないらしい。

次の十畳の部屋に入った。

ここから見る外の景色も、隣と同じようなものである。だが、襖絵はまったく違っていた。

片方は、さっきの絵とよく似ているが、象ではなく、獅子《しし》が描かれている。象と同じく、なんか変な獅子である。

その反対側の襖の絵はさらに変である。

ニワトリが三羽ほどいるが、これがまたそっくりそのまま描いたような絵で、本物に似すぎて、かえって薄気味悪い。

「この襖絵、なんか凄いな」

「そうですか？」

「きれいなんだけどな」

「きれいですよね」

「でも、薄気味悪くもある」

「あたしも、夜中にここから抜け出して歩き回るんじゃないかと思うときがありま す」

女将がそう言うと、

「それはあり得るかもな」

と、麻次が言った。

「うまいのかい、この絵師？」

魚之進は訊いた。

「さあ」

「有名な人？」

「名前、聞いたような気がするけど、忘れてしまって」

魚之進はフッと閃《ひらめ》いて、

「贋物じゃないよな？」

と、訊いた。

「贋物？」

「もの凄くうまい本物があって、それを中途半端にうまい人が描き写したのかもしれないな」

「そうなんですか？」

「確信は持てないけどな」

さらに次の間に入った。

「これはまた……」

なんとも言えない絵である。

唐土《もろこし》の景色に、人がいる。ごくふつうの光景のはずなのに、人がなにか気持ち悪いのである。不気味な感じなのである。

「どうかしました？」

「ううむ。これはやっぱり、ほんとはもっとうまい絵の偽物だと思うぞ」

「そうですかね」

次の間に行くと、片側は不気味な唐土の絵だが、もう片側はおなじみの富士山の絵である。急に安心感が生まれる。さっきまでの絵は、なにかただ事ではない感じがしていたのだ。

「やっぱ襖絵は富士山だよな」

「そうですかね」

「本物の絵が、あの晩、取り換えられたってことはないよな？」

と、魚之進は訊いた。

「え？」

「襖絵は描いてもらったのか？」

「こっちの富士山の絵は、描いてもらったんです。狩野永睡《かのうえいすい》先生に。でも、向こうの三《み》つ揃《ぞろ》いの絵は、借金の肩代わりにもらったんです。酒飲みのお坊さんで、京都から持って来たと言ってましたよ」

「京都かい。なるほどなあ。もの凄い傑作で、それを贋物と交換するため、あの晩はこの大広間を貸し切りみたいにし、そっと外からこの贋物を入れ、本物を持ち出したってことはないよな？」

そう言ううち、魚之進の胸のうちに、確信らしきものが芽生えて来た。

お宝泥棒。

女将さんたちが、絵を見る力がないのに目をつけ、千代田のお城においてもおかしくないような絵を盗んで行ったに違いない。

「まさか」

麻次も啞然としている。

「おいらの知り合いに、絵の目利きがいるんだけど、見てもらってもいいかい？」

魚之進は、女将さんに訊いた。

「もちろんですよ」

麻次に頼み、浅草福井町に住むうなぎのおのぶを呼んで来てもらった。

おのぶは、魚之進の頼みと聞くと急にいそいそして支度を始めたそうだが、魚之進の待つ部屋に入り、象の絵を一目見ると、

「え？　この絵、どうしたんですか？」

顔を輝かせて訊いた。

「京都から持って来たそうだぜ。生臭坊主が。それで借金の肩代わりにしょうがなくもらったんだってさ」

と、魚之進が言った。

「なるほど。お坊さん経由ね」

「描いた人、わかるのかい？」

「長沢芦雪《ながさわろせつ》って人です。円山応挙《まるやまおうきょ》のお弟子さんなんですが、晩年にこういう変わった絵を描くようになったんですよ。へえ、江戸で芦雪が見られるとはねえ」

しきりに感心している。

さらに次の間に入ると、

「え？　嘘でしょ。若冲《じゃくちゅう》がこんなところに」

目を瞠った。気持ち悪いニワトリの絵である。なんだか、ニワトリのくせにヘビの卵でも産みそうな気がする。

「若冲って？」

「伊藤《いとう》若冲。天才絵師です。見ればわかるでしょ。天才じゃなきゃ描けませんよ」

「そうなの」

魚之進は、誰かうまい人の絵を二流の絵師が真似して描いた絵かと思ったのだ。

さらに次の間では、

「ああ、もう、信じられない。曾我蕭白《そがしょうはく》だ」

「うまいの、これ？」

「この人も天才ですよ。三人とも、魚之進さんが大好きな与謝蕪村《よさぶそん》と同じころに活躍した京都の絵師たちです。江戸だったらたぶん認められなかったでしょう。こういう天才の絵をちゃんと評価できる京都の町衆もすごいんだよねえ。江戸はやっぱり京都には勝てないなと思っちゃうんだなあ」

「でも、おいらにはどれも、なんだか薄気味悪い絵に見えるんだけど」

魚之進は正直な感想を言った。たしかに、筆使いはうまいと思う。迫力もある。目立つし、面白い。でも、どれも薄気味悪くて、自分の家に飾りたいかと訊かれたら、飾りたくない。

「そうだよね。例えば、歌川広重《うたがわひろしげ》の東海道五十三次、あの雪の蒲原《かんばら》とか、雨の庄野《しょうの》とか、ああいう絵は誰が見ても心地良いよね。家に飾って眺めても、ああ、いいなあって思うよね。いい景色が気持ちいいのといっしょで」

「うん、思う」

「でも、この若冲とか蕭白とかの絵を見てると、誰が見ても気持ちのいい絵っていうのは、じつは薄っぺらで、都合のいいように描いてるだけなんだって思えてくるんだよ。ものごとだの、人間だの、生きものだの、景色だの、それらをじいっと絵師の独自の目で見つめるうちに見えてきたもの。それは、やっぱりただ気持ちがいいわけがない。どこか薄気味悪かったり変だったりするのは当然じゃないか。それが真実、それが本物なんじゃないかって」

「難しいね」

「そう。あたしはこういうこと言うから、嫁に行けないんだって、親からもよく言われてきた。でも、そう思うんだから、仕方ないよ」

「とにかく、贋物じゃないんだ？」

「とんでもない。本物中の本物。傑作中の傑作ですよ」

「へえ」

本物だったのは意外だが、しかし、襖絵泥棒説は完全に否定されてしまった。

六

今日はこのあと、備中松山藩の田畑伝右衛門を脅しに行かなければいけない。田畑は、毎晩、酒を飲むのに、新橋界隈の料亭だの料理屋だのに出かけているらしい。その帰りを狙うつもりで、おのぶにも手伝ってもらうことになっている。

平きよを出たとき、

──ん？

魚之進の足が止まった。

「旦那、どうしました？」

「ほら、あれ」

いま、辻岡の屋敷から出て来た男を指差した。

こっちではなく、反対側に向かっているが、その後ろ姿にも特徴がある。巨体を揺さぶりながら歩いて行く。地響きが聞こえて来そうである。

「北大路魯明庵じゃないですか」

「ああ。辻岡家を訪ねて来ていたんだ。辻岡家というのは、どういう家なんだろうな」

　旗本の家の内部事情など、なかなか探るのは難しい。

　だが、町奉行なら、評定所の会議には目付衆も出席するらしいから、なにかあれば耳にしているのではないか。

　魚之進は、麻次とおのぶには尾張町あたりの水茶屋で待っていてもらい、奉行の筒井に訊いてみることにした。

　幸い筒井和泉守は、奉行所内で執務中だったが、

「お奉行、お伺いしたいことがありまして」

　と、対面を願った。

「うむ。どうした？」

「じつは……」

　と、簡単に陰膳だらけの宴のことを伝え、隣家の辻岡亀五郎について訊いた。

「辻岡亀五郎か」

　筒井の頰がぴくりと動いた。

「なにか、ありましたか？」

「うむ。辻岡というのは、本丸ではなく、西の丸の鬼役をしていてな」

「そうでしたか」

「食いものにはやたらとうるさい男なのさ。鬼役だってもう少し石高の低い旗本がやるのを、むしろ辻岡は買って出たというからな」

「ははあ」

平きよの女将も食いものにうるさいとは言っていた。

「ところが、西国の、吉野《よしの》ケ里《がり》藩の藩主とお城のなかで口論になったのさ。あんたの藩の魚の漬け物は、加賀藩の真似だろうとかいう内容だったらしい。藩主のほうは激怒して、辻岡に斬りつけようとしたのさ」

「なんと」

「西の丸とはいえど、城内で刀を抜くなど許されぬ。当然、この藩は改易《かいえき》と相成った」

「まるで浅野《あさの》内匠頭《たくみのかみ》ではないですか」

「そうよな。あんなことが再び起こったりしたら、幕府も困ってしまう。だから、詳しいことは公表せず、藩主の乱心ということで処理をしたのさ」

「そうでしたか」

「それと、陰膳だらけの宴は関係がありそうか？」

「おそらく」

魚之進はうなずいた。俄然《がぜん》、あるような気がしてきた。

「ほう」

「ちなみに、それはいつごろのことでした？」

「もう、一年くらい経つのではないかな」

「そうですか」

もう一度、平きよに行って訊きたいことがあるが、今宵《こよい》はこれから木挽町に行かなければならない。

明日の仕事になった。

七

翌朝早く──。

魚之進は、麻次とともに深川の平きよに向かった。

深川は、漁師と木場の町である。川が朝早くから、漁に出る舟や、材木を組んだ筏《いかだ》などで賑わっている。

平きよに来ると、女将はまたですかという顔をしたが、

「陰膳だらけの宴があった晩というのは、何日のことだった？」

と、魚之進は訊いた。

女将は帳簿を見て、

「ええと、五月八日の夜ですね」

「予約があったのは？」

「半月ほど前の四月十八日です」

「そのあと、五月八日に大広間で宴会をしたいという申し込みなどはなかったかい？」

「あ、ありました。あの二、三日後でしたか。四十人くらいの宴会をやりたいと申し出があったのですが、生憎《あいにく》ふさがっていますと、お断わりしたのです」

「どういう男だった？」

「お武家さまでしたね。ちょっと疲れたような身なりでしたので、断わらなかったら、値切られたりしたかもしれませんね」

「なるほどな」

「なにかわかったんですか？」

女将は半信半疑という顔で訊いた。

「うむ。ぼんやりとな。だが、まだ明らかにしなくちゃならないことがあるのでな」

魚之進は次に向かった。

湯島《ゆしま》にやって来た。

ここは深川に比べると、退廃の匂いがする。だいいち、町全体がまだ、遅い朝のひだるさに浸っている。

改易になった吉野ヶ里藩の屋敷は、歓楽街を入ったところにあり、いまは幕府の預かりとなっている。

その門前に来た。

「旦那、なにをなさるので?」

「元吉野ヶ里藩の武士に接触したいのさ」

「でも、藩は潰れて、皆、浪人しているのでしょう?」

「浪人をしても、かつての藩邸の近くに住みたい人がいるはずなのさ」

「そういうもんですかね」

そう言っているうち、武士の二人連れがやって来て、懐かしそうに屋敷全体を眺め、手まで合わせたではないか。

「おい、麻次」

「ええ。元藩士みたいですね」

「跡をつけてみるか」

「そうしましょう」

歩き出してすぐ、片方の武士が三軒長屋の端の家に入り、なかに向かってなにか言った。すると、武家の奥方らしき女が出て来て、もう一人の武士に深々とお辞儀をした。どうやら、片割れの武士の家であるらしい。

家の真ん前はまだ元の藩邸の塀がつづいている。浪人しても、やはり近くを離れられないのだろう。

次に、二人は上野不忍池《しのばずのいけ》にやって来た。

それから、小さな料理屋に入った。そば屋をちょっと上品にしたくらいの、さほど敷居《しきい》が高そうな店ではない。朝粥《あさがゆ》やそばも食べられるらしい。

「いま、入った二人連れの近くに席をつくってくれ」

魚之進は、十手をちらりと見せ、仲居に頼んだ。

「はい」

連れて行かれたのは、大広間の端のほうの席で、隣とのあいだは、大きな衝立《ついたて》で見えなくなっていた。

だが、衝立の下には隙間がある。魚之進は寝そべるみたいな格好になり、懐から妙な円筒を出した。

「こんなこともあろうかと、持って来てよかったぜ」

小声で言った。

「なんですか、それは？」

麻次は訊いた。

「ほら。井戸の音をよく聞こえるようにしただろう。あれから思いついてつくったのさ。おいらの捕物七つ道具の一つにしようと思ってさ」

「どうやるので？」

「こうすると、向こうの話がよく聞こえるんだ」

真っ直ぐの筒を回すようにすると、扇型になった。片方は耳の穴に入れられるくらい小さい。

「へえ」

じっさい、片方を耳に入れ、反対側を二人の武士のほうに向けて聞き耳を立てた。すると、こんな話が聞こえてきた。

「なんとか、刃傷沙汰《にんじょうざた》があった日は無事に過ぎました」

「あいつらは、ほんとに決行するつもりだったのだろう?」

「はい。辻岡家と隣り合った料亭で、そこから庭に突入できる部屋は、わたしが押さえておきましたので、その計画は駄目になりました」

「そうか」

「だが、次は殿の命日もありますし、お城を明け渡した日もあります。このうちのどちらかを狙うかと思われますが、そうそうあの料亭を押さえるのは……」

「難しいか?」

「なにせ、掛かりが多額ですし、しかも、あんな陰膳だらけの宴をしたら、向こうも変だと思ったでしょうから、次は町奉行所あたりに通報されないとも限りません」

「田所、金はなんとかする」

「そうですか」

「わしは大石内蔵助《おおいしくらのすけ》とは違う。茶屋遊びなどもしておらぬから、まだ軍資金はある。だが、大石もあんな茶屋遊びで無駄な金を使う余裕があったなら、幕閣などへの根回しに使えばよかったのにな」

「大石も、当初は諦めていたという説もありますから」

「そうなのか。わしのほうは順調だぞ」

「そうですか」

「元の石高は無理でも、なんとか八割程度にはできそうだ」

「八割であれば、元藩士をすべて呼び戻すことができるでしょう」

「そうだな。だが、桑山《くわやま》たちは来ぬだろう」

「そうかもしれません。とにかく桑山は、自分が第二の大石内蔵助になりたい一心ですし、そればかりか、名声を得たらうまく命乞いして、他藩に引き取ってもらおうという魂胆みたいです」

「まったく、弱ったものよのう」

「これからご家老は？」

「一度、国許に帰って、同志を十人くらいは連れて来よう。宴席が四人だけというのは、確かにおかしいしな」

「そうですね。お願いします」

そこで二人は話を終え、朝粥らしきものを慌ただしく食べて出て行った。

「なにかわかりましたか、旦那?」

麻次は訊いた。

「聞こえなかったのか?」

「ええ。ぼそぼそとなにか言っているなくらいです」

「そうか。やはりこの道具は役立つな」

と、魚之進は満足げにそれを袂《たもと》に入れ、

「すべて、わかったよ」

と、言った。

「どういうことです?」

「つまり、改易になった吉野ヶ里藩の元藩士たちは、二派に分かれているんだ。一派は、桑山というのが頭領格で、こいつらは辻岡のところに討ち入って、元藩主の仇《かたき》を取り、名を挙げようというのさ」

「忠臣蔵よ、もう一度ですね」

「うん。五月八日は、刃傷沙汰があった日で、あの晩、平きよの二階から、辻岡邸に討ち入るつもりだったらしい。たしかに、辻岡邸は三方を大きな通りや辻番《つじ》などに面していて、侵入できるのは平きよのある西側だけみたいだしな」

「なるほど」

「だが、もう一派は地道に藩の再興を願って、いろいろ運動をつづけている。その一派が討ち入り計画を察知して、一足早くあの広間を押さえたのさ。だが、そちらは、おもに国許にいる人たちが多いらしく、江戸の味方が少ないので、あのように陰膳だらけの宴になってしまったというわけさ」

「そういうことでしたか」

麻次はぽんと膝を叩いた。

「けっこうな大事件になるところだったんだなあ」

魚之進は、しみじみとした調子で言った。

野次馬としたら面白いかもしれないが、あんな事件がふたたび起きたら、幕府の威信は大きく傾いてしまうだろう。

「大手柄ですよ、旦那」

「いや。この話を拾ってきた十貫寺さんの手柄だよ」

「それで、平きよには伝えるんですか?」

「どうしよう。これは、おいらが勝手になにかするのはまずいよ。まずは、十貫寺さんに伝え、それからお奉行に対策を練ってもらうのがいちばんだろうな」

「ああ、それがいいですね」

と、麻次も賛成した。

八

奉行所に戻ると、十貫寺隼人は自分の机で弁当を食べているところだった。その弁当というのが、豪華な三段重ねである。

「凄い弁当ですね」

魚之進は、思わず言った。

「うん。うちの妻が、今日の昼は奉行所で弁当を食うと言ったら、もう張り切って、これだもの」

十貫寺はほんとに困ったような顔を見せて言った。

一段目は鯛の尾頭付きに、ウニと筋子の小鉢が入っている。二段目が玉子焼きや、煮しめ、タケノコの焼き物など、そして三段目がご飯で、それには金粉のふりかけがたっぷりかけてあった。

上さまでも、こんな豪華な弁当は食べないのではないか。なにせ、十貫寺隼人のご新造は、三井《みつい》の本家の娘だから、お金などは掃いて捨てるほどあるのだ。

それでいて料亭の代金は値切ったりするのだから、十貫寺という男も謎である。

「そんなことより、魚之進。例の謎は解けたか？」

解けないだろうという言い方である。

「あっ、解けました」

弁当の凄さに呆気《あっけ》に取《と》られ、肝心なことを忘れた。

「え？　解けたのかよ。どういうんだ？」

「じつはですね……」

魚之進はこれまでわかったことを語った。一部、類推したところもあるが、全体としては間違いはないはずである。

「それじゃあ忠臣蔵ではないか」

十貫寺もそう言った。

誰もがそう思う。忠臣蔵は、江戸っ子にとって、桃太郎や金太郎の物語のように、いや、それよりもっとなじみ深い。

「決行していたら、まさに再来ですよね」

「その、討ち入り派というのは、あまり純粋な気持ちではないな」

「ええ、名を売って再就職というのが狙いみたいです」

「ということは、討ち入りというより、押し込み強盗の類いだ」

「うーん、そこまで言えるかは」

「よくやった魚之進。あとは、おれに任せろ」

任せるのはいいが、これは町方の同心あたりがすべて処理できる話ではないだろうと思って、

「お奉行に相談しないと」

魚之進はそう言った。

いまからでも、奉行のところに行くつもりである。

だが、十貫寺は、金粉飯の下に真珠の佃煮《つくだに》を隠しているみたいな、思惑たっぷりの顔をして、

「うむ。それは、待て」

と、魚之進を止めた。

「え？」

「一つ策がある」

「でも、おいらたちが勝手にやれることでは」

「なにを言うか、魚之進。あいつらは浪人者だぞ」

「まあ、そうです」

「浪人者は町奉行所の管轄下にある。ま、ここは江戸の民の無事と、くだらぬ騒ぎを起こさせないということを念頭において処理すべきだ。そのあたりは町回りより吟味方が心がけてきたことなのでな」

お前にはわからないのだという優越感をにじませた。

「はあ」

「まあ、いいから、おれにまかせておけ」

十貫寺は魚之進の肩を叩いた。

九

ところが――。

吟味方の俊英の思惑は、残念ながら外れたらしい。

夕方くらいになって、十貫寺は頭を抱えて同心部屋に戻って来た。いつもは虹鱒《にじます》の腹のような顔色が、山椒魚《さんしょううお》みたいな色に変わっている。

「どうかしたので？」

魚之進は恐る恐る訊いた。

「あの辻岡亀五郎という旗本は、大きな声では言えぬが、駄目だな」

「どうしてです？」

「おれは、とにかく騒ぎを起こさせぬよう、江戸の民が巻き込まれたりせぬよう、最高の策を弄《ろう》したのだ」

「どんな？」

「辻岡家に行って、あの連中の討ち入り計画を伝え、屋敷をひそかに抜け出して、もぬけの殻にしておくことを勧めたのさ」

「行ったんですか、あそこに？」

「ああ。平きよの女将も面識があるというのでな、紹介の労も取ってもらった。おれはそういう点、抜かりはないからな」

だんだん頭が痛くなってきたが、

「それで?」

と、魚之進は先を促した。

「その話を聞くと、辻岡は田舎武士どもがしゃらくさいと怒り出してな」

「…………」

たぶんそうなる。

「面白い。相手になってやる。わしをむざむざ殺された吉良《きら》上野介《こうずけのすけ》あたりといっしょにするでないぞと、屋敷の防備の強化を命じるわ、近所の武具屋を呼んで、弓矢や槍、鎧兜《よろいかぶと》はおろか、多量の火薬なども買い込むわ、さらに用心棒として三十人ほど浪人を雇い、犬も三十頭ほど屋敷の庭に放つというのさ」

「うわぁ」

「辻岡はもう興奮状態でな。屋敷中走り回って大騒ぎだ。おれの言うことなんか、まるで聞きもしない」

「…………」

「どうしようか?」

十貫寺は変に暢気な口調で訊いた。

「それはまずいですよ」

「そうだよな」

「それが吉野ヶ里藩の強硬派に知れたら、ますますいきり立ち、火に油を注ぐみたいなことになりますよ」

「まったく、もう」

まったくもうじゃないだろうと、魚之進は言いたいけれど言えない。

「せっかく進んでいる藩の再興計画も頓挫するでしょうし」

「こうなったら、妻に頼んで、金の力で抑え込むか？」

十貫寺は真面目な顔で言った。

「金なんか役に立ちませんよ」

「千両箱をちらつかせると、ほとんどのやつの人生観が変わるぞ」

「そんな場合じゃありません」

「やはり、お奉行に相談するしかないか」

「そうですね」

「では、そうしよう」

十貫寺は、魚之進の先に立ち、奉行の部屋へと進んだ。

筒井和泉守は、この話を聞き、

「だが、よく、そこまで明らかにしたな」

と、魚之進を見たが、

「ははっ、畏れ入ります」

とは、十貫寺が言った。

そんな十貫寺をちらりと見て、

「魚之進ならどうする？」

と、筒井は訊いた。

「もう一派の工作がうまく進んでいるようなので、そちらを早くまとめることはできませんか？」

「その一派に属する者の、名前や居場所はわかるのか？」

「はい。下の名はわかりませんが、田所というお人が、江戸の工作を進めていて、与田秀介という若い武士が助けています。田所の住まいは、旧藩邸のすぐ近くの三軒長屋です」

「それだけわかればよい」

「次に桑山一派が討ち入りを企《たくら》んでいるのは、元藩主が切腹した日かもしれません。あまり猶予はないと思われます」

「うむ。急いでやってみよう」

筒井はそう言うと、隣の部屋に立ち、裃を着始めた。方々に手を打ってくれるのだろう。

「それと、辻岡さまを懐柔するのに、そもそも争いのもとになった、魚の漬け物というのを土産にして、田所たちの一派を詫《わ》びに行かせてはどうでしょう。もちろん、辻岡さまのほうでも詫びを入れるという言質《げんち》を取っておいて」

「なるほど」

忠臣蔵もおそらく、仲介する者がいたり、吉良が詫びるような態度を示したりしていれば、あのような騒ぎにはならなかったのだろう。

「食いもので起こったことは、食いものを介して決着させるのがよいかと」

「うむ。食いものの恨みは恐ろしいな」

と言って、筒井は笑った。

十

奉行の筒井和泉守が出て行くのを、魚之進は門のところで見送った。十貫寺は、筒井が「来なくていい」と言うのも聞かず、後をついて行った。

魚之進は、一つ大きなため息をついた。一時はどうなることかと慌てたが、あとはお奉行がすべて、うまくやってくれるだろう。

奉行所の前、数寄屋橋御門の周辺は黄昏《たそがれ》が訪れていた。西の空にはまだ陽が沈み切っておらず、淡い光を残していたが、夕陽《ゆうひ》そのものは建ち並ぶ大名屋敷に隠れて見えなかった。数寄屋橋の下をくぐるように、お濠のほうへ、初夏の柔らかい風が吹いていた。それは、お濠端の柳や松、そして葉桜のそよぎで確かめられた。

薄青い闇のなかで木々が動くさまは、人の心になにか囁《ささや》きかけてくるようだった。今日もどうにか終わったなという、静かな慰撫《いぶ》のようにも受け取れた。亀戸《かめいど》の藤はもう咲き始めたろうか。あるいは、葛飾堀切《ほりきり》の花菖蒲《はなしょうぶ》もそろそろかもしれない。

──お静さんを誘ってみようか。

魚之進はふと思いついた。狙われているからと、ずっとあんな狭い家に閉じ籠もっていたら、息が詰まってしまうだろう。なにも二人だけで行くわけではない。父を誘ってもいいし、本田伝八に声をかければ喜んでついてくるだろう。

——勇気を出して……。

そう言い聞かせ、魚之進は同心部屋へ戻って来た。

すると、先輩同心の市川一角《いちかわいっかく》が、

「月浦。麻次が待ってたぞ。明日の話をしたいって」

と、報《しら》せてくれた。

「あ、そうだ。忘れてた」

外の、岡っ引きたちの溜まり場に行った。

岡っ引きたちは、ここで自分の縄張りで起きたことなどを披露し合う。それが、江戸の実態を知るうえで、大いに参考になるのだ。一部に、岡っ引きは使うなという意見もあるのだが、こういうのを見ると、魚之進も、やはり岡っ引きは役に立つ存在だと思うのだ。

「麻次、すまん。ちょっとバタバタしてしまって」

「いいえ。明日はいったん奉行所に来たほうがいいですか？」

「そうだな。おいらんとこに泊まって、まっすぐお城に行くほうがいいんじゃないか？」

四谷《よつや》からお城をぐるっと回って平河門に来るより、八丁堀から行ったほうが、ずいぶん近いはずである。

「お邪魔してよろしいんですか？」

「ああ、なにも問題ないよ」

と、うなずき、

「そういえば、今日も、万吉は来てないよな？」

「ええ。珍しいですね」

噂をしているところに、

「月浦さまは？」

と、見覚えのある町人がやって来た。

「おいらだよ」

「あ、大粒屋の手代の武吉《ぶきち》といいますが」

「うん。どうした？」

手代は眉をひそめ、

「ちょっと来ていただきたいんで。じつは、うちの店の裏で人が刺され、南の月浦さまを呼んでもらいたいと」

「なんだと」

「万吉と名乗ってました」

「麻次」

魚之進と麻次は、急いで奉行所を飛び出した。

道々、手代に問いかける。

「万吉はなにしてたんだ？」

「わからないんです。たぶん薄暗くなってから刺されたみたいで、裏のほうは人通りがぱったりなくなりますでしょう。誰も、そのときのことを見ていないんです」

「どこを刺された？」

「腹です。ずいぶん血が出てましたから、あれは……」

たぶん駄目だろうと言いたいらしい。

「医者は呼んだんだな？」

「金創医《きんそうい》の岡田《おかだ》先生に来てもらってます」

「そうか」

あのあたりでは評判の医者だから、的確な治療をしてくれてはいるのだろうが。

大粒屋に着いた。

あるじでお静の兄の長《ちょう》右衛門《えもん》がすぐに出て来て、

「すみません。お呼びだてして」

「それより、どこに？」

「そっちです。月浦さま、万吉というのは？」

「うん。調べを手伝ってもらってるんだ」

「そうでしたか」

離れに入った。

六畳間に布団が敷かれ、へらへらの万吉が、青い顔で、口も利かずに横になっていた。ひどく哀れに見えた。

「おい、万吉」

麻次が声をかけた。

「しっかりしろいっ」

その声が聞こえたらしい。

万吉の目が薄く開いた。

「お、や、ぶ、ん」

掠《かす》れた声で言った。

「もう大丈夫だぞ」

「ええ。あの野郎……」

「なんだ、どうした？」

麻次が叱るように言わせようとする。

魚之進はわきで見ていて、こういうときは静かに寝かせておいたほうがいいのではないかと思ってしまう。

「イボ……」

「イボ？」

「親分。イボって、なんですか？」

そう言うと、万吉の頭がふいに力を失い、横向きに倒れた。

へらへらの万吉が死んでしまった。これは万吉にはまったくふさわしくない。

「なんなんだ、いったい？」

魚之進は呆然とするばかりだった。

本書は、講談社文庫のために書き下ろされました。

|著者| 風野真知雄　1951年生まれ。'93年「黒牛と妖怪」で第17回歴史文学賞を受賞してデビュー。主な著書には、「隠密 味見方同心」（講談社文庫・全9巻）、「わるじい慈剣帖」（双葉文庫）、「姫は、三十一」（角川文庫）、「大名やくざ」（幻冬舎時代小説文庫）、「占い同心 鬼堂民斎」（祥伝社文庫）などの文庫書下ろしシリーズのほか、単行本に『卜伝飄々』（文藝春秋）などがある。「耳袋秘帖」シリーズ（文春文庫）で第4回歴史時代作家クラブシリーズ賞を、『沙羅沙羅越え』（KADOKAWA）で第21回中山義秀文学賞を受賞した。「妻は、くノ一」（角川文庫）シリーズは市川染五郎の主演でテレビドラマ化された。本作は味見方同心新シリーズ、「潜入 味見方同心」第2作。

潜入《せんにゅう》 味見方同心《あじみかたどうしん》(二) 陰膳《かげぜん》だらけの宴《うたげ》

風野真知雄《かぜのまちお》

講談社文庫

定価はカバーに
表示してあります

2020年4月15日第1刷発行

発行者――渡瀬昌彦
発行所――株式会社　講談社
東京都文京区音羽2-12-21　〒112-8001
電話　出版（03）5395-3510
　　　販売（03）5395-5817
　　　業務（03）5395-3615

デザイン―菊地信義
本文データ制作―講談社デジタル製作
印刷―――中央精版印刷株式会社
製本―――中央精版印刷株式会社

Printed in Japan

ISBN978-4-06-519362-4

講談社文庫刊行の辞

二十一世紀の到来を目睫に望みながら、われわれはいま、人類史上かつて例を見ない巨大な転換期をむかえようとしている。

世界も、日本も、激動の予兆に対する期待とおののきを内に蔵して、未知の時代に歩み入ろうとしている。このときにあたり、創業の人野間清治の「ナショナル・エデュケイター」への志を現代に甦らせようと意図して、われわれはここに古今の文芸作品はいうまでもなく、ひろく人文・社会・自然の諸科学から東西の名著を網羅する、新しい綜合文庫の発刊を決意した。

激動の転換期はまた断絶の時代である。われわれは戦後二十五年間の出版文化のありかたへの深い反省をこめて、この断絶の時代にあえて人間的な持続を求めようとする。いたずらに浮薄な商業主義のあだ花を追い求めることなく、長期にわたって良書に生命をあたえようとつとめるところにしか、今後の出版文化の真の繁栄はあり得ないと信じるからである。

同時にわれわれはこの綜合文庫の刊行を通じて、人文・社会・自然の諸科学が、結局人間の学にほかならないことを立証しようと願っている。かつて知識とは、「汝自身を知る」ことにつきていた。現代社会の瑣末な情報の氾濫のなかから、力強い知識の源泉を掘り起し、技術文明のただなかに、生きた人間の姿を復活させること。それこそわれわれの切なる希求である。

われわれは権威に盲従せず、俗流に媚びることなく、渾然一体となって日本の「草の根」をかたちづくる若く新しい世代の人々に、心をこめてこの新しい綜合文庫をおくり届けたい。それは知識の泉であるとともに感受性のふるさとであり、もっとも有機的に組織され、社会に開かれた万人のための大学をめざしている。大方の支援と協力を衷心より切望してやまない。

一九七一年七月

野間省一

講談社文庫 最新刊

本城雅人
去り際のアーチ〈もう一打席!〉
退場からが、人生だ。球界に集う愛すべき面々の、心あたたまる8つの逆転ストーリー!

中村ふみ
天空の翼 地上の星
天から玉《ぎょく》を授かったまま、国を追われた元王子が再び故国へ。傑作中華ファンタジー開幕!

はあちゅう
通りすがりのあなた
恋人とも友達とも呼ぶことができない、微妙な関係を精緻に描く。初めての短編小説集。

若菜晃子
東京甘味食堂
あんみつ、おしるこ、おいなりさん。懐かしくてやさしいお店をめぐる街歩きエッセイ。

大沢在昌 藤田宜永 堂場瞬一 井上夢人 今野敏 月村了衛 東山彰良
激動 東京五輪1964
昭和39年の東京を舞台に、ミステリー最先端を活躍する七人が魅せる究極のアンソロジー。

日本推理作家協会 編
ベスト6ミステリーズ2016
日本推理作家協会賞受賞作、薬丸岳「黄昏《たそがれ》」を含む、短編推理小説のベストオブベスト!

さいとう・たかを 戸川猪佐武 原作
歴史劇画 **大宰相**〈第六巻 三木武夫の挑戦〉
「今太閤」田中角栄退陣のあと、後継に指名されたのは弱小派閥の領袖・三木だった。党内には反発の嵐が渦巻く。

トーベ・ヤンソン(絵)
ムーミン ノート
ムーミンがいっぱいの文庫版ノート。日記をつけたり、映画の感想を書いたり、楽しんでネ!

ニョロニョロ ノート
隠れた人気者、ニョロニョロがたくさんの文庫版ノート。展覧会や旅行にも持っていって。

講談社文芸文庫

加藤典洋
テクストから遠く離れて
解説＝高橋源一郎　年譜＝著者、編集部

ポストモダン批評を再検証し、大江健三郎、高橋源一郎、村上春樹ら同時代小説の読解を通して来るべき批評の方法論を開示する。急逝した著者の文芸批評の主著。

かP5
978-4-06-519279-5

平沢計七
一人と千三百人／二人の中尉
平沢計七先駆作品集
解説＝大和田　茂　年譜＝大和田　茂

関東大震災の混乱のなか亀戸事件で惨殺された若き労働運動家は、瑞々しくも鮮烈な先駆的文芸作品を遺していた。知られざる作家、再発見。

ひJ1
978-4-06-518803-3

川上未映子 そら頭はでかいです、世界がすこんと入ります
川上未映子 わたくし率 イン 歯ー、または世界
川上未映子 ヘ ヴ ン
川上未映子 すべて真夜中の恋人たち
川上未映子 愛 の 夢 と か
川上弘美 ハヅキさんのこと
川上弘美 晴れたり曇ったり
川上弘美 大きな鳥にさらわれないよう
海堂 尊 外科医 須磨久善
海堂 尊 新装版 ブラックペアン1988
海堂 尊 ブレイズメス1990
海堂 尊 スリジエセンター1991
海堂 尊 死因不明社会2018
海堂 尊 極北クレイマー2008
海堂 尊 極北ラプソディ2009
海堂 尊 黄金地球儀2013
海道龍一朗 室町耽美抄 花 鏡
門井慶喜 パラドックス実践 雄弁学園の教師たち
亀井 宏 佐 助 と 幸 村

梶 よう子 迷 子 石
梶 よう子 ふ く ろ う
梶 よう子 ヨ イ 豊《とよ》
梶 よう子 立身《りっしん》いたしたく候《そうろう》
梶 よう子 北斎まんだら
川瀬七緒 よろずのことに気をつけよ
川瀬七緒 法医昆虫学捜査官
川瀬七緒 シンクロニシティ〈法医昆虫学捜査官〉
川瀬七緒 水《みな》底《そこ》の 棘《とげ》〈法医昆虫学捜査官〉
川瀬七緒 メビウスの守護者〈法医昆虫学捜査官〉
川瀬七緒 潮 騒 の ア ニ マ〈法医昆虫学捜査官〉
川瀬七緒 フォークロアの鍵
風野真知雄 隠密 味見方同心(一)〈くじらの姿焼き騒動〉
風野真知雄 隠密 味見方同心(二)〈干し卵不思議味〉
風野真知雄 隠密 味見方同心(三)〈幸せの小福餅〉
風野真知雄 隠密 味見方同心(四)〈恐怖の流しそうめん〉
風野真知雄 隠密 味見方同心(五)〈フグの毒鍋〉
風野真知雄 隠密 味見方同心(六)〈鵺《ぬえ》の闇鍋〉
風野真知雄 隠密 味見方同心(七)〈絵巻寿司〉

風野真知雄 隠密 味見方同心(八)〈ふふふの麩〉
風野真知雄 隠密 味見方同心(九)〈殿さま漬け〉
風野真知雄 潜入 味見方同心(一)〈恋のぬるぬる膳〉
風野真知雄 昭 和 探 偵 1
風野真知雄 昭 和 探 偵 2
風野真知雄 昭 和 探 偵 3
風野真知雄 昭 和 探 偵 4
カレー沢 薫 負 け る 技 術
カレー沢 薫 もっと負ける技術〈カレー沢薫の日常と退廃〉
カレー沢 薫 非 リ ア 王
下野《かばた》康 史 ポルシェより、フェラーリより、ロードバイクが好き〈熱狂と悦楽の自転車ライフ〉
野崎雅人 佐々原史緒 戦国BASARA3〈真田幸村の章／猿飛佐助の章〉
矢野 隆 映島 巡 戦国BASARA3〈伊達政宗の章／片倉小十郎の章〉
タタツシンイチ 鏡 征爾 戦国BASARA3〈長曾我部元親の章／毛利元就の章〉
タタツシンイチ 梶 よう子 戦国BASARA3〈徳川家康の章／石田三成の章〉
風森章羽《しょう》 渦巻く回廊の鎮魂曲《レクイエム》〈霊媒探偵アーネスト〉
風森章羽 清 ら か な 煉 獄〈霊媒探偵アーネスト〉
加藤千恵 こぼれ落ちて季節は
神田 茜 しょっぱい夕陽

講談社文庫　目録

神林長平　だれの息子でもない
神楽坂　淳　うちの旦那が甘ちゃんで
神楽坂　淳　うちの旦那が甘ちゃんで 2
神楽坂　淳　うちの旦那が甘ちゃんで 3
神楽坂　淳　うちの旦那が甘ちゃんで 4
神楽坂　淳　うちの旦那が甘ちゃんで 5
神楽坂　淳　うちの旦那が甘ちゃんで 6
神楽坂　淳　うちの旦那が甘ちゃんで 7
加藤元浩　捕まえたもん勝ち！〈七夕菊乃の捜査報告書〉
加藤元浩　量子人間《クオンタムマン》からの手紙〈捕まえたもん勝ち！〉
梶永正史　銃の啼《な》き声〈潔癖刑事・田島慎吾〉
金田一春彦　安西愛子 編　日本の唱歌 全三冊
岸本英夫　死を見つめる心〈ガンとたたかった十年間〉
北方謙三　汚名の広場
北方謙三　試みの地平線〈伝説復活編〉
北方謙三　抱影
菊地秀行　魔界医師メフィスト〈怪屋敷〉
北原亞以子　深川澪通り木戸番小屋
北原亞以子　新地橋〈深川澪通り木戸番小屋〉
北原亞以子　夜の明けるまで〈深川澪通り木戸番小屋〉
北原亞以子　澪つくし〈深川澪通り木戸番小屋〉
北原亞以子　たからもの〈深川澪通り木戸番小屋〉
北原亞以子　歳三からの伝言
桐野夏生　新装版 顔に降りかかる雨
桐野夏生　新装版 天使に見捨てられた夜
桐野夏生　新装版 ローズガーデン
桐野夏生　ＯＵＴ(上)(下)
桐野夏生　ダーク(上)(下)
桐野夏生　猿の見る夢
京極夏彦　文庫版 姑獲鳥《うぶめ》の夏
京極夏彦　文庫版 魍魎《もうりょう》の匣《はこ》
京極夏彦　文庫版 狂骨《きょうこつ》の夢《ゆめ》
京極夏彦　文庫版 鉄鼠《てっそ》の檻《おり》
京極夏彦　文庫版 絡新婦《じょろうぐも》の理《ことわり》
京極夏彦　文庫版 塗仏《ぬりぼとけ》の宴《うたげ》—宴の支度
京極夏彦　文庫版 塗仏の宴—宴の始末
京極夏彦　文庫版 百鬼夜行—陰
京極夏彦　文庫版 百器徒然袋—雨
京極夏彦　文庫版 百器徒然袋—風
京極夏彦　文庫版 今昔続百鬼—雲
京極夏彦　文庫版 陰摩羅鬼《おんもらき》の瑕《きず》
京極夏彦　文庫版 邪魅《じゃみ》の雫
京極夏彦　文庫版 死ねばいいのに
京極夏彦　文庫版 ルー＝ガルー〈忌避すべき狼〉
京極夏彦　文庫版 ルー＝ガルー2〈インクブス×スクブス 相容れぬ夢魔〉
京極夏彦　分冊文庫版 姑獲鳥《うぶめ》の夏(上)(下)
京極夏彦　分冊文庫版 魍魎《もうりょう》の匣《はこ》(上)(中)(下)
京極夏彦　分冊文庫版 狂骨《きょうこつ》の夢《ゆめ》(上)(中)(下)
京極夏彦　分冊文庫版 鉄鼠《てっそ》の檻《おり》全四巻
京極夏彦　分冊文庫版 絡新婦《じょろうぐも》の理《ことわり》(一)(二)
京極夏彦　分冊文庫版 絡新婦《じょろうぐも》の理《ことわり》(三)(四)
京極夏彦　分冊文庫版 塗仏《ぬりぼとけ》の宴《うたげ》 宴の支度《したく》(上)(中)(下)
京極夏彦　分冊文庫版 塗仏《ぬりぼとけ》の宴《うたげ》 宴の始末《しまつ》(上)(中)(下)
京極夏彦　分冊文庫版 陰摩羅鬼《おんもらき》の瑕《きず》(上)(中)(下)
京極夏彦　分冊文庫版 邪魅《じゃみ》の雫(上)(中)(下)
京極夏彦　分冊文庫版 ルー＝ガルー〈忌避すべき狼〉(上)(下)
京極夏彦　分冊文庫版 ルー＝ガルー2〈インクブス×スクブス 相容れぬ夢魔〉(上)(下)

講談社文庫　目録

京極夏彦・原作 志水アキ・漫画　コミック版 姑獲鳥《うぶめ》の夏(上)(下)
京極夏彦・原作 志水アキ・漫画　コミック版 魍魎《もうりょう》の匣《はこ》(上)(下)
京極夏彦・原作 志水アキ・漫画　コミック版 狂骨の夢(上)(下)
北森　鴻　花の下にて春死なむ
北森　鴻　香菜里屋《カナリヤ》を知っていますか
北森　鴻　親不孝通りラプソディー
北村　薫　盤上の敵
北村　薫　紙魚家崩壊〈九つの謎〉
北村　薫　野球の国のアリス
木内一裕　藁の楯
木内一裕　水の中の犬
木内一裕　アウト&アウト
木内一裕　キッド
木内一裕　デッドボール
木内一裕　神様の贈り物
木内一裕　喧嘩猿
木内一裕　バードドッグ
木内一裕　不愉快犯
木内一裕　嘘ですけど、なにか？

北山猛邦　『クロック城』殺人事件
北山猛邦　『瑠璃城』殺人事件
北山猛邦　『アリス・ミラー城』殺人事件
北山猛邦　『ギロチン城』殺人事件
北山猛邦　私たちが星座を盗んだ理由
北山猛邦　猫柳十一弦の後悔〈不可能犯罪定数〉
北山猛邦　猫柳十一弦の失敗〈探偵助手五箇条〉
北　康利　白洲次郎 占領を背負った男(上)(下)
北　康利　福沢諭吉 国を支えて国を頼らず(上)(下)
貴志祐介　新世界より(上)(中)(下)
北原みのり　木嶋佳苗100日裁判傍聴記〈佐藤優対談収録完全版〉
岸本佐知子 編訳　変愛《ヘンアイ》小説集
岸本佐知子 編　変愛小説集 日本作家編
木原浩勝　文庫版 現世怪談《うつしよかいだん》(一) 主人の帰り
木原浩勝　文庫版 現世怪談(二) 白刃の盾
木原浩勝　増補改訂版 もう一つの「バルス」〈宮崎駿と『天空の城ラピュタ』の時代〉
喜国雅彦 国樹由香　メフィストの漫画
清武英利　石つぶて〈警視庁 二課刑事の残したもの〉
清武英利　しんがり〈山一證券 最後の12人〉

喜多喜久　ビギナーズ・ラボ
黒岩重吾　新装版 古代史への旅
栗本　薫　新装版 絃《いと》の聖域
栗本　薫　新装版 ぼくらの時代
栗本　薫　新装版 優しい密室
栗本　薫　新装版 鬼面の研究
黒柳徹子　窓ぎわのトットちゃん 新組版
倉知　淳　新装版 星降り山荘の殺人
倉知　淳　シュークリーム・パニック
熊谷達也　浜の甚兵衛
倉阪鬼一郎　大江戸秘脚便
倉阪鬼一郎　娘飛脚を救え〈大江戸秘脚便〉
倉阪鬼一郎　開運十社巡り〈大江戸秘脚便〉
倉阪鬼一郎　決戦、武甲山〈大江戸秘脚便〉
倉阪鬼一郎　八丁堀の忍
倉阪鬼一郎　八丁堀の忍(二)〈大川端の死闘〉
倉阪鬼一郎　八丁堀の忍(三)〈遥かなる故郷〉
黒木　渚　壁の鹿
栗山圭介　居酒屋ふじ

栗山圭介　国士舘物語
決戦！シリーズ　決戦！関ヶ原
決戦！シリーズ　決戦！大坂城
決戦！シリーズ　決戦！本能寺
決戦！シリーズ　決戦！川中島
決戦！シリーズ　決戦！桶狭間
決戦！シリーズ　決戦！関ヶ原2
小峰　元　アルキメデスは手を汚さない
今野　敏　ST警視庁科学特捜班 エピソード1〈新装版〉
今野　敏　ST警視庁科学特捜班 毒物殺人〈新装版〉
今野　敏　ST警視庁科学特捜班〈黒いモスクワ〉
今野　敏　ST警視庁科学特捜班〈青の調査ファイル〉
今野　敏　ST警視庁科学特捜班〈赤の調査ファイル〉
今野　敏　ST警視庁科学特捜班〈黄の調査ファイル〉
今野　敏　ST警視庁科学特捜班〈緑の調査ファイル〉
今野　敏　ST警視庁科学特捜班〈黒の調査ファイル〉
今野　敏　ST為朝伝説殺人ファイル〈警視庁科学特捜班〉
今野　敏　ST桃太郎伝説殺人ファイル〈警視庁科学特捜班〉
今野　敏　ST沖ノ島伝説殺人ファイル〈警視庁科学特捜班〉

今野　敏　ST化合 エピソード0〈警視庁科学特捜班〉
今野　敏　STプロフェッション〈警視庁科学特捜班〉
今野　敏　ギガース〈宇宙海兵隊〉
今野　敏　ギガース2〈宇宙海兵隊〉
今野　敏　ギガース3〈宇宙海兵隊〉
今野　敏　ギガース4〈宇宙海兵隊〉
今野　敏　ギガース5〈宇宙海兵隊〉
今野　敏　ギガース6〈宇宙海兵隊〉
今野　敏　特殊防諜班　連続誘拐
今野　敏　特殊防諜班　組織報復
今野　敏　特殊防諜班　標的反撃
今野　敏　特殊防諜班　凶星降臨
今野　敏　特殊防諜班　諜報潜入
今野　敏　特殊防諜班　聖域炎上
今野　敏　特殊防諜班　最終特命
今野　敏　茶室殺人伝説
今野　敏　奏者水滸伝　白の暗殺教団
今野　敏　フェイク〈疑惑〉
今野　敏　同　期

今野　敏　欠　落
今野　敏　変　幻
今野　敏　警視庁FC
今野　敏　継続捜査ゼミ
今野　敏　蓬莱〈新装版〉
今野　敏　イコン〈新装版〉
後藤正治　天人〈深代惇郎と新聞の時代〉
幸田　文　崩　れ
幸田　文　台所のおと
幸田　文　季節のかたみ
小池真理子　冬の伽藍
小池真理子　ノスタルジア
小池真理子　夏の吐息
小池真理子　千日のマリア
幸田真音　日本国債(上)(下)〈改訂最新版〉
五味太郎　大人問題
鴻上尚史　あなたの魅力を演出する ちょっとしたヒント
鴻上尚史　あなたの思いを伝える 表現力のレッスン
鴻上尚史　八月の犬は二度吠える

島田荘司　御手洗潔のメロディ
島田荘司　Ｐの密室
島田荘司　ネジ式ザゼツキー
島田荘司　都市のトパーズ2007
島田荘司　21世紀本格宣言
島田荘司　帝都衛星軌道
島田荘司　ＵＦＯ大通り
島田荘司　リベルタスの寓話
島田荘司　透明人間の納屋
島田荘司　〈改訂完全版〉占星術殺人事件
島田荘司　〈改訂完全版〉斜め屋敷の犯罪
島田荘司　星籠《せいろ》の海(上)(下)
島田荘司　屋上
島田荘司　名探偵傑作短篇集　御手洗潔篇
島田荘司　〈改訂完全版〉火刑都市
清水義範　蕎麦《そば》ときしめん
清水義範　国語入試問題必勝法
椎名　誠　にっぽん・海風魚旅〈怪し火さすらい編〉
椎名　誠　大漁旗ぶるぶる乱風編〈にっぽん・海風魚旅4〉
椎名　誠　南シナ海ドラゴン編〈にっぽん・海風魚旅5〉
椎名　誠　風のまつり
椎名　誠　ナマコ
椎名　誠　埠頭三角暗闇市場
島田雅彦　悪貨
島田雅彦　虚人の星
真保裕一　連鎖
真保裕一　取引
真保裕一　震源
真保裕一　盗聴
真保裕一　朽ちた樹々の枝の下で
真保裕一　奪取(上)(下)
真保裕一　防壁
真保裕一　密告
真保裕一　黄金の島(上)(下)
真保裕一　発火点
真保裕一　夢の工房
真保裕一　灰色の北壁
真保裕一　覇王の番人(上)(下)
真保裕一　デパートへ行こう！
真保裕一　アマルフィ〈外交官シリーズ〉
真保裕一　ダイスをころがせ！(上)(下)
真保裕一　天魔ゆく空(上)(下)
真保裕一　ローカル線で行こう！
真保裕一　遊園地に行こう！
篠田節子　弥勒
篠田節子　転生
重松　清　定年ゴジラ
重松　清　半パン・デイズ
重松　清　流星ワゴン
重松　清　ニッポンの単身赴任
重松　清　愛妻日記
重松　清　青春夜明け前
重松　清　カシオペアの丘で(上)(下)
重松　清　永遠《とわ》を旅する者〈ロストオデッセイ千年の夢〉
重松　清　かあちゃん
重松　清　十字架
重松　清　峠うどん物語(上)(下)

講談社文庫　目録

仙川　環　偽装診療〈医者探偵・宇賀神晃〉
瀬木比呂志　黒い巨塔〈最高裁判所〉
瀬那和章　今日も君は、約束の旅に出る
曽野綾子　新装版 無名碑(上)(下)
三浦朱門 曽野綾子　夫婦のルール
蘇部健一　六枚のとんかつ
蘇部健一　六とん2
蘇部健一　届かぬ想い
曽根圭介　沈・底魚
曽根圭介　藁《わら》にもすがる獣たち
曽根圭介　TATSUMAKI〈特命捜査対策室7係〉
田辺聖子　川柳でんでん太鼓
田辺聖子　ひねくれ一茶
田辺聖子　愛の幻滅(上)(下)
田辺聖子　うたかた
田辺聖子　春情蛸の足
田辺聖子　蝶花嬉遊図
田辺聖子　言い寄る
田辺聖子　私的生活

田辺聖子　苺をつぶしながら
田辺聖子　不機嫌な恋人
田辺聖子　女の日時計
谷川俊太郎訳 和田　誠絵　マザー・グース 全四冊
立花　隆　中核VS革マル(上)(下)
立花　隆　日本共産党の研究 全三冊
立花　隆　青春漂流
滝口康彦　粟田口の狂女〈レジェンド歴史時代小説〉
高杉　良　労働貴族
高杉　良　広報室沈黙す(上)(下)
高杉　良　炎の経営者(上)(下)
高杉　良　小説日本興業銀行 全五冊
高杉　良　社長の器
高杉　良　その人事に異議あり〈女性広報主任のジレンマ〉
高杉　良　人事権!
高杉　良　小説消費者金融〈クレジット社会の罠〉
高杉　良　小説新巨大証券(上)(下)
高杉　良　局長罷免―小説通産省
高杉　良　首魁《しゅかい》の宴《うたげ》〈政官財腐敗の構図〉

高杉　良　指名解雇
高杉　良　燃ゆるとき
高杉　良　挑戦つきることなし〈小説ヤマト運輸〉
高杉　良　銀行大合併〈短編小説全集(上)〉
高杉　良　エリートの反乱〈短編小説全集(中)〉
高杉　良　金融腐蝕列島(上)(下)
高杉　良　銀行大統合〈小説みずほFG〉
高杉　良　勇気凜々
高杉　良　混沌《こんとん》 新・金融腐蝕列島(上)(下)
高杉　良　乱気流(上)(下)
高杉　良　小説会社再建
高杉　良　小説ザ・ゼネコン
高杉　良　新装版 懲戒解雇
高杉　良　新装版 バンダルの塔
高杉　良　新装版 大逆転!〈小説 三菱・第一銀行合併事件〉
高杉　良　新・燃ゆるとき
高杉　良　管理職の本分
高杉　良　破戒者たち〈小説・新銀行崩壊〉
高杉　良　第四権力〈巨大メディアの罪〉

2020年3月15日現在